徳 間 文 庫

十津川警部 愛憎の行方

西 村 京 太 郎

徳 間 書 店

目次

山手《やまのて》線《せん》五・八キロの証言

1

連日のように、物騒《ぶっそう》なニュースが続いている。

保険金殺人なんか、いまや日常化してしまったし、車の追い越しに腹を立てた男が、相手を殴り殺したなどというニュースもある。

こうなると、いつ誰に殺されるかわからなくなるが、香月修《こうづきおさむ》は、自分だけは大丈夫だと思っていた。

二十八歳。独身で、恋人がいる。彼女とは、来年結婚する予定だし、他に特別の女はいないから、その面で恨まれることはあり得ない。

運転免許は持っているが、いわゆるペーパー・ドライバーで、車は持っていないから、車のことで問題を起こしたこともない。

両親は健在である。ただし、財産らしきものは、まったくないから、遺産争いに巻き込まれる恐れもなかった。

仕事は、雑誌の編集者だが、社会の悪を追及するみたいな雑誌ではない。旅行の記事をのせる雑誌である。だから、仕事上のことで、今までに脅迫されたことはない。

どう考えても、殺される理由は、皆無《かいむ》である。

だから、香月は安心していたのだが。

七月二十五日の夜、仕事仲間と新宿で飲んで、自宅マンションのある小田急線の千《ち》歳船橋《とせふなばし》におりたのは、夜の十二時に近かった。

マンションまでは、駅から、歩いて二十分ほどである。

いつもの道なので、多少、酔っ払っていても平気だった。いつかなどは、前後不覚に酔っていたが、それでも、気がつくと、自分の部屋に寝ていたから、無意識にきちんと歩いていたのだろう。

それに比べれば、今夜は、飲んだといっても、たいしたことはない。

（星がきれいだな）

と、立ち止まって、空を見上げたとき、いきなり背後から殴りつけられた。

強烈な衝撃だった。

（馬鹿な――）

と、思っているうちに、香月の意識は混濁していった。

2

香月修の死体が発見されたのは、翌二十六日の午前十時頃である。

身長一七五センチ、体重六〇キロの、やや痩《や》せぎすの死体は、公園のトイレのうしろの草むらに横たえられていたために、発見がおくれたのである。

「死後、少なくとも、数時間はたっているね」

と、検視官にいわれたとき、本件を担当することになった十津川《とつがわ》警部は、それを感じた。

明らかに他の場所で殺されて、ここに運ばれたのである。

致命傷は、後頭部の打撲だろう。何回も殴りつけたらしい。

身元は、ポケットの運転免許証で、すぐわかった。

十津川は、部下の亀井《かめい》刑事と、近くにある被害者のマンションを訪ねることにした。

雲が多いのだが、やたらにむし暑く、歩いただけで、汗が噴き出してくる。

「油断のならない世の中になったものですね」

と、歩きながら、亀井がいった。

「今の仏さんかね？」

「そうです。歩いているところを、いきなり、うしろからやられたんだと思いますね」

「カメさんは、物盗《と》りの犯行と思うかね？」

「財布がありませんでしたから、一見、そう思えますが、物盗りなら、わざわざ死体をトイレのうしろに運んで、隠したりはしないでしょう。さっと奪って逃げますよ」

「とすると、物盗りに見せかけたか」

「と、思うんですが」

と、亀井はいった。

中古の七階建てのマンションに着いた。

死体のポケットにあったキーを使って、五〇三号室のドアを開けた。

１ＤＫの部屋である。

暑いので、十津川は、クーラーをつけさせてもらうことにした。

若い男の部屋のせいか、中は乱雑になっている。敷きっ放しの布団、放り出してある雑誌や新聞。

「おかしいよ。カメさん」

と、十津川が急にいった。

「何がですか？」

「気がつかなかったんだが、部屋の明かりがついている」

「それは、カーテンが閉まっているからでしょう」

「二重のカーテンだよ。夏なら、薄地の内側のカーテンだけ閉めるんじゃないかね。第一、殺された男は、サラリーマンだ。朝起きて、会社へ出かけるときは、カーテンぐらい開けるんじゃないかね。それなのに、どの窓のカーテンも、きっちり二重に閉まっているよ」

「二重にしたほうが、クーラーの利きはよくなるということがありますが」

「夜ならね」

と、十津川はいった。

「警部は、誰かがわざわざカーテンを閉めたと、お考えなんですか？」

亀井がきいた。

「ああ、多分、香月修を殺した犯人だよ」

と、十津川はいい、すぐ鑑識に来てもらって、部屋中の指紋を検出することにした。

鑑識の仕事の間、二人は、廊下に出た。

亀井は、ハンカチで額の汗を拭《ふ》きながら、

「犯人が入ったとすると、キーはどうしたんですかね？　死体のポケットに入っていましたが」

「犯人が戻しておいたんだよ。ただ、夜だったので、カーテンを開けるのを忘れてしまったんじゃないかな」

「わざわざカーテンを閉めたということは、犯人が電気をつけて、何か探したということですか？」

「多分ね。キーを戻す時間が欲しかったんで、犯人は、死体をトイレのうしろに隠したのかもしれん」

と、十津川はいった。

室内の撮影と指紋の採取を了《お》えた鑑識課の田中《たなか》が、十津川に向かって、

「ところどころ、指紋が拭き取られていましたね」

と、いった。

「どんなところですか？」

「ドアのノブ、窓枠、机の引出しの持つところなんかです」

と、田中がいった。

（やっぱりだな）

と、十津川は思った。何者かがこの部屋に入って、何かを探したのだ。それはおそらく香月修を殺した犯人だろう。

3

犯人が何を探したのか、十津川には、わからなかった。犯人がそれを見つけたか、どうかもである。

十津川と亀井は、被害者が働いていた神田《かんだ》の出版社に、行ってみることにした。

雷雨でもあればと思うのだが、どんよりと曇っているだけで、降っては来ない。

中堅クラスの出版社「中央新社」では、「旅の話」という雑誌を出している。

被害者は、この雑誌の編集者だった。

十津川と亀井は、大久保《おおくぼ》という四十五歳の編集長に会った。

大久保は、香月修が殺されたことは知らなかったといい、眼を丸くした。

「休みなのに、連絡して来ないなとは、思っていたんですがね」

「物盗りのように見せていますが、犯人は、個人的な理由で香月さんを殺したと思われるのですよ」

と、十津川はいった。

「すると、怨恨《えんこん》ですか？」

と、大久保がきく。

「その可能性が、強いですね」

「それは、ちょっと考えられませんね。香月君は、他人に恨まれるような人間じゃありません。ああ、これは、彼が亡くなったので、賞《ほ》めているわけじゃないんです。こんな仕事は、むしろ人に嫌われるぐらいのアクの強さが欲しいと、私は思っていますからね。その点、彼は、人が好《よ》すぎるんです」

「仕事で誰かに恨まれたり、憎まれたりしていたということは、ありませんか？」

「それも考えられませんね。何しろ旅の雑誌ですから」

「しかし、どこそこのホテルや旅館は、サービスが悪かったと、書くこともあるわけでしょう？」

「いや、それはありません。もちろん、実際に取材に行くと、サービスの悪い旅館やタクシーに、ぶつかったりすることもありますよ。そういうときには、まったく書かずに、他の旅館やタクシーを賞めるんです。ですから、刑事さんのいわれるようなことで、文句をいわれたことはありませんね」

と、大久保はいった。

「彼の女性関係は、どうですか？」

と、亀井がきいた。

「彼には、恋人がいるはずですよ」

と、大久保がいい、編集者の一人を呼んでくれた。

寺田《てらだ》というその若い男も、香月が死んだと聞いて、びっくりした顔になった。

「香月君の彼女には、会ったことがあります」

と、寺田はいった。

寺田の話では、その女の名前は、佐々木《ささき》みどり、二十四歳。M銀行の神田《かんだ》支店で働いているOLだという。

「美人というより、可愛い感じの女性ですよ」

と、寺田はいった。

「結婚することになっていたんですか?」

亀井がきいた。

「来年の四月に、結婚することになっていましたよ。香月君も、彼女もそういっていましたから」

「家族の反対は、なかったんですか?」

「別になかったみたいですね。大っぴらに、交際していましたよ」

と、寺田はいった。

十津川は、考え込んでしまった。どうやら、殺された男は、仕事の面でも、私生活の面でも、他人《ひと》に恨みを買うようなことは、なかったらしい。

しかし、香月は、殺されている。それも、物盗りではない。とすれば、明らかに誰かに恨まれていたのだ。

「香月さんが、最近、ケンカをしたということは、ありませんか? たとえば、退社後にどこかで飲んでということですが」

と、十津川は寺田にきいた。

「彼は、飲んでも、ケンカをしませんよ。かっとなる性格じゃありませんから」

と、寺田はいう。

十津川と亀井は、次に、香月の恋人の佐々木みどりに、会ってみることにした。

寺田のいったように、小柄で可愛い感じの女性だった。

彼女も、香月が殺されたことを知らなかったらしく、十津川が知らせると、蒼白《そうはく》な顔になった。

しばらくの間、言葉を失ったように、黙っていたが、

「本当なんですか？」

と、きき返した。

「本当です。これから、遺体を見て頂きたいと思いますが」

と、彼女が小さく肯《うなず》いた。

「はい」

十津川は、彼女をパトカーに乗せて、遺体の運ばれている東大病院に向かった。

その車の中で、十津川は、香月のことを、佐々木みどりにきいた。

幸い彼女は気丈で、こちらの質問に、はっきりと答えてくれた。

勤務先が同じ神田で、近くの喫茶店で顔を合わせたりしているうちに、彼のほうから声をかけて来て、交際が始まった。

一年間の交際のあと、香月修が正式にプロポーズした。

今年の正月、彼の両親にも会って、来年の四月に式をあげることにした。

そんなことを、みどりは話してくれた。

東大病院に着いて、みどりは、遺体に対面した。

その間、十津川と亀井は、病院内の待合室で待つことにした。

みどりが戻って来たのは、三十分ほどしてからだった。

もう泣いてはいなかったが、声はかすれていた。

「私たちは、一刻も早く、香月さんを殺した犯人を捕えたいので、協力して頂きたいのです」

と、十津川はいった。

「ええ」

と、みどりは肯いた。

「最後に会われたのは、いつですか？」

という質問から、十津川は始めた。

「昨日の昼休みに、喫茶店で会いましたわ」

「銀行の近くのですね？」

「ええ。いつも、同じ喫茶店なんです」

「そのとき、香月さんの様子に、何か、いつもと変わった点は、見えませんでしたか？」

「別に、そんなふうには感じませんでしたわ。いつもの香月さんでしたけど」

「犯人は、香月さんを殺したあと、彼のマンションに侵入し、何か探しているんですよ。あなたに何か心当たりはありませんか？」

十津川がきくと、みどりは、しばらくじっと考え込んでいた。

「これといった心当たりは、ありませんけど」

「香月さんは、預金はしていましたか？」

と、亀井がきいた。

「一度、通帳を見せてくれたことがありましたわね。二百万ほど、預金があったと思いますけど」

「その通帳は、いつも、どこに入れていました？」

「確か、出版社の机の引出しに入れていると、いっていました」

と、みどりはいう。

「違うよ」

と、十津川は、小声で亀井にいった。

「違いますか？」

「犯人が、預金通帳を探したとは思えないね」

「しかし、何か事情があってということも、考えられますよ」

と、亀井はいった。

「それでは、あとで、もう一度、出版社へ行ってみよう」

と、十津川はいった。

亀井が、また、みどりへの質問を続けた。

「最近、香月さんが喋《しゃべ》ったことで、気になったことは、ありませんか？」

「別に、ありませんわ」

「彼が、誰かを怖がっていたようなことは、どうですか？」

「いいえ」

「失礼な質問になりますが、香月さんが浮気をしたことは、ありませんか？」

「いいえ」

「彼は、現在の仕事を、どう感じていたんですか？　詰まらないと思い、転職を考えていたということは、ありませんでしたか？」

「彼は、旅行が好きでしたから、満足していましたわ」

と、みどりはいう。

聞けば聞くほど、殺される理由が、なくなっていく感じだった。

4

十津川と亀井は、もう一度、出版社へ戻った。

編集長の許可を得て、香月の机を調べさせてもらった。

みどりがいったように、引出しから預金通帳が出てきた。

預金額は、二百六万余りだった。

亀井は、ひょっとして、何か臨時の収入があって、それが殺人に結びついているのかもしれないと、思ったらしいが、それらしい金額は、記入されていなかった。

香月が誰かを脅迫していたようなことは、なかったらしい。

「香月さんの最近の仕事を、話してくれませんか」

と、十津川は、編集長にいった。

編集長は、手帳を見ながら、

「今、来月に出る雑誌の取材や、原稿取りをやっていましたよ。原稿は、トラベル・

ライターのSさんのもので、これは、来月の五日までに、書いて頂くことになっていました」

「取材のほうは、どこかへ行ったわけですか？」

「山手線《やまのて》の取材です」

「山手線ですか？」

「そうです。たまには、身近な鉄道の取材もいいだろうと思いましてね。来月に出る十月号で、山手線を取りあげることにしたんです」

「取材は、香月さん一人でやっていたんですか？」

「ええ、一人です」

「どんな取材を、されていたんですかね」

「それは、香月君に委《まか》せていましたが、おい、寺田君」

と、香月の同僚を呼んで、編集長がきいてくれた。

寺田の話によると、香月は、山手線の取材を、次のようにやっていたらしい。
一、山手線の歴史（これは、資料と取材の両方でやる）
二、山手線各駅の表情（実際に各駅に行き、取材、写真を撮る）

三、山手線を一周（車窓の表情をカメラにおさめる）

「なるほど、面白い読み物になるかもしれませんね」

　と、十津川は肯いてから、

「この仕事は、どの程度まで、すすんでいたんですか？」

　と、寺田にきいた。

「くわしいことは、わかりませんが、三番目の『車窓の表情』を、この間、カメラにおさめて来たと、いっていましたよ。なんでも、朝早く内廻りの電車に乗って、写して来たんだそうです」

「カメラに撮るといっても、大変でしょうね。一周すると、かなりの距離があるから」

「そうですね。彼は一分に一度、シャッターを切って写真を撮ったらしいですよ。次は、反対側の車窓を、同じようにして、撮るといっていました。一と二は、そのあとで取材することにしていたみたいです」

「一周の写真は、見ましたか？」

「いや、彼は、外にＤＰＥを頼んでいて、まだ出来上がっていなかったんじゃありませんかね」

「内廻りで、どちら側の車窓の景色を撮ったと、いっていました？」

「右側か、左側かは忘れましたが、円の外側の写真だと、いっていましたね。次は、内側を撮るんだと」

と、寺田はいった。

十津川は、亀井と出版社を出て、パトカーに戻ると、

「どう思うね？」

と、きいた。

「山手線の取材のことですか？」

「私生活で、香月には、敵らしいものはなかった。女性関係の乱れもない。とすると、仕事のことしか、考えられなくなるんだよ」

「そうですね。酔って、ケンカした形跡もありませんしね」

「それで、一番気になるのは、彼が写真を撮ったということになる。もう一度、彼の部屋を調べてみようじゃないか。もし、その写真があれば、どうということもないが、もし、無くなっていれば、犯人が香月を殺して、盗み出したということも、考えられるからね」

と、十津川はいった。

若手の刑事三人も呼びつけ、五人で香月のマンションを探すことになった。

山手線が一周するのに要する時間は、約一時間である。

六十分と見て、一分間に一回、シャッターを押したとすると、単純計算して、香月が撮った写真は、六十枚になる。

各駅の停車時間が、乗客の数によって、多少、予定よりかかれば、六十枚より何枚か、枚数は増えるだろう。

いずれにしろ、六十枚から六十五枚までと見ていいと、十津川は、計算した。

「写っている景色は、何ですか？」

と、西本《にしもと》刑事がきく。

「一分ごとに、シャッターを押したわけだからね。駅のホームが写っていることもあるだろうし、ビルなんかの景色が写っていることもあるだろうと思う。とにかく、六十枚以上だから、もし、この部屋にあれば、すぐ見つかるはずだよ」

と、十津川はいった。

さして広くない部屋である。一時間もすると、十津川たちは、畳の裏や冷蔵庫のうしろまで、調べつくしてしまった。

しかし、肝心のフィルムは、見つからなかった。

「ありませんね」

と、亀井がいった。

「そうなると、香月を殺した奴が、奪い取って行ったかな」

「そうなると、何が写っていたのか、わかりませんね」

「香月の同僚は、彼が、自分でＤＰＥに出していたと、いっていたね」

「そうです。あるいは、どこかのＤＰＥ店に、彼の撮ったフィルムが、まだあるかもしれません」

と、亀井はいった。

自宅附近の店か、あるいは勤め先の近くの店かだろう。

手分けして、香月がＤＰＥを頼んだろうと思われる店を、探すことになった。

十津川は、最初、簡単に見つかるだろうと思っていた。自宅附近か、勤務先の近くと考えたからである。

しかし、合計十二店に当たっても、香月が現像、焼き付けを頼んだ店は、見つからなかった。

止むを得ず、範囲を広げることにした。

香月は、小田急線の千歳船橋から、まず新宿に出て、新宿で中央線に乗りかえて、神田の勤務先に向かう。

そこで、新宿のＤＰＥ店に頼んだのではないかと、考えた。

今度は、ぴったりと当たった。

新宿西口の大きなカメラ店に、香月は、頼んでいたのである。

「香月修さんから、カラーの三十六枚撮りで、二本、ＤＰＥを頼まれました」

と、店員は、伝票の控えを見ながら、十津川にいった。

「頼んだのは、いつですか？」

「七月二十四日ですね。出来あがりは、二十六日でした」

「それなら、まだ、ここにありますね？」

「いえ。二十六日にお渡ししました」

と、店員はいった。

「しかし、香月は、二十五日に死んでいるんだよ」

亀井が、咎《とが》めるようないい方をした。

若い、二十五、六歳の店員は、なぜ怒られなければならないのかといった顔で、

「しかし、ちゃんと伝票を持っておいでになったから、渡したんですよ」

「香月とは、別人だったはずだよ」

「この香月修というお客さんは、初めてうちに頼まれたんです。お得意さまなら、顔は、ちゃんと覚えていますがね」

「二十六日に受け取りに来たのは、どんな男だったんだ？」

と、亀井がきく。

「中年の男の方です。三十歳ぐらいでした」

「顔立ちは？」

「サングラスをかけていたんで、よくわかりませんよ。面長で、ハンサムでしたが」

「身長は？」

「僕と同じくらいです」

「ということは、一七五センチくらいか？」

「ええ」

「太っていたかね？　それとも、痩《や》せていたかね？」

「普通です」

「じゃあ、ほとんどわからんのと同じじゃないか」

亀井が文句をいうのを、十津川は、笑って制してから、

「どんな写真だったか、覚えていますか？　渡すとき、確認するんだと思うんだが」

と、店員にきいた。

「ええ、一応、見ましたよ。駅とか町の景色が写っていましたね。くわしいことは、わかりませんよ」

「受け取りに来た男のことで、何かわかったら、どんなことでもいいから、連絡して下さい」

と、十津川は頼み、引き揚げることにした。

5

世田谷署に、捜査本部が設けられた。

十津川は、黒板を前にして、今までにわかったことを分析して、刑事たちに話した。

「犯人が香月修を殺した動機は、恐らく香月が写した山手線一周の写真を奪うことだったと考えられる。財布が盗まれていたが、これは見せかけだ。犯人は、殺した香月のポケットから、マンションのキーを盗み、それで香月の部屋に入り込み、ＤＰＥの伝票を見つけ出した。翌日、それを持って、新宿のカメラ店で、写真を受け取っている。しかも、マンションのキーは、死体に戻しているんだ。理由は、殺人の動機を知られたくなかったからだと思う。問題は、犯人がなぜ殺人を犯してまで、写真を手に入れたかったかだ。肝心の写真がない以上、想像するより仕方がないが、君たちの意見を聞きたい」

十津川は、言葉を切って、部下の顔を見廻した。

「当然、写真に写っているものが、犯人にとって、具合が悪いものだったということでしょうが、それが何かですよ」

と、亀井がいった。

「香月は、山手線の内廻りに乗って、環状線の外側を写したといっている。写したのは、二十四日かその前日の二十三日だと思うね。一刻も早く、写ったものを見たかったはずだからね」

十津川はいい、黒板に山手線の円を描いた。

それに、東京、上野、池袋、新宿、渋谷と、代表的な駅名を書き込んでいった。

次に環状線の外側に斜線を引いた。

「一見、範囲が広いようだが、山手線の窓から見える距離だからね。かなり限定されてくるはずだ。そこで、何があったかだ」

と、十津川はいった。

「殺人でしょう」

と、日下《くさか》刑事がいった。

「そう考える理由は、何だね？」

「窃盗の現場を山手線の窓から見られた。いや、写されたと思った人間がいたとします。窃盗なら、捕まったとしても、たいした罪にはなりません。初犯なら、実刑にはならんでしょう。それなのに、殺人を犯してまで、フィルムを奪うとは思えないのです。殺人《ころし》を見られた、写真に撮られたと思えば、香月を殺しても、フィルムを奪いたいと思いますね」

と、日下はいった。

十津川は、黒板に「殺人」と書いた。

「他に、意見はないかね？」

「必ずしも、殺人には、限らないと思います」

と、西本刑事がいった。

「理由は？」

「確かに、窃盗ぐらいで、人殺しはやらないと思いますが、窃盗をやった人間によっては、例外があると思います。たとえば、エリート社員とか、社会的に地位の高い人間が、出来心で何かを盗んだとします。それを、たまたま通過した山手線の車両の中から、写真に撮られたと思い込んだ。窃盗では、実刑にならないかもしれません。しかし、彼らは、すべてを失うのではないかという恐怖にかられると思います。自分を守るために、人殺しをしてもフィルムを奪うことも、十分に考えられると思います」

と、西本はいった。

「私も賛成ですね。人によっては、窃盗でも、香月を殺す場合が考えられます」

亀井がいった。

「そうだな」

と、十津川は肯いた。

彼は、黒板に「窃盗」と書いてから、

「犯人が、地位のある人間、エリート社員といった人間だとすると、窃盗だけでなく、車による人身事故でも、万引きでも、香月を殺したかもしれんな」

「すべての犯罪について、調べる必要がありますね」

と、亀井がいった。

「二十四日から二十三日に、環状線の外側、それも山手線の車窓から見える範囲で、何があったか、調べる必要があるね」

「警部、もう一つ、調べなければならないことがあります」

亀井がいう。

「何だね？」

「犯人が、なぜ、香月が山手線一周の写真を撮ったのを、知ったかということです」

「そうだな。確かにその疑問があるね」

と、十津川は肯いてから、

「この二つについて調べて行こう」

と、亀井たちにいった。

「質問があります」

今まで黙っていた清水《しみず》刑事が手をあげた。

「何だね？」

「その斜線の部分で、二十三日か二十四日に、事件があったかどうか調べるわけですが、山手線の線路から何メートルまでの間を、調べればいいんですか？　一キロもの間となると大変ですが」

「香月は、普通のカメラで撮ったと思う。望遠レンズは、使用していないはずだよ。

というのは、テーマが山手線の車窓から見た景色で、別に遠景を撮るのが目的だったわけじゃないからね。人間の眼で見たように、撮りたかったと思う。35ミリで、F2・8ぐらいのレンズだろう。とすると、はっきり写るのは、せいぜい百メートルぐらい先までじゃないかと思う。ただ、犯人のほうは、写されたという恐怖で殺したとすると、百メートル以上離れていたことも考えられる。それを考えて、二百メートルとしよう。それ以上ということは、まず考えられないよ」

と、十津川はいった。

6

七人の刑事が、環状線の外側二百メートルの中で、二十三日と二十四日に、何か事件が起きなかったかを、調べることになった。犯人の逮捕されていない事件である。

十津川と亀井は、もう一つの捜査に当たることにした。

犯人が、なぜ、香月のことを知ったかである。

「香月の仕事については、『旅の話』の関係者は、全員が知っていたわけです。編集長も、同僚も」

「だろうね」

「彼らの中に、犯人がいるとは、考えられませんか？」

　と、亀井がきいた。

「いや、それはないと思うよ。香月がカメラで山手線の車窓の景色を撮ることを知っていて、わざわざ写るところで事件を起こすバカはいないだろうからね」

「そうですね」

「だから、犯人は、何も知らずに事件を起こし、あとで香月のことを知って、あわてたんだ。そう考えざるを得ない。問題は、どこで、どうして、香月のことを知ったかだね」

「どこで、どうしてですか――」

　と、亀井は考えていたが、

「そうだ。香月は、殺された二十五日は、どこかで飲んで帰ったということでしたね」

「そうだ」

「酔って喋ったのかもしれません」

　と、亀井はいい、すぐ「旅の話」の編集部に電話をかけた。

いろいろと話したあと、亀井は、電話を切り、笑顔で十津川に、

「わかりました。二十五日の夜は、新宿で、同僚の島崎《しまざき》という男、それに、トラベル・ライターの中川肇《なかがわはじめ》と三人で飲んでいたそうです。店がわかりにくい場所にあるので、島崎がわれわれを案内してくれるといっています」

と、いった。

その島崎と新宿駅の東口で会い、歌舞伎町の「クレパス」というクラブに案内された。

雑居ビルの三階で、確かにわかりにくい場所である。

十津川と亀井、それに島崎の三人は、カウンターに腰を下ろした。

「あの夜は、午後九時半頃にここへ来て、十一時少し過ぎまで飲んでましたよ」

と、島崎がいった。

「香月さんは、かなり飲みましたか？」

と、十津川は、きいた。

「そうですね。久し振りに飲んだんで、かなり酔ったんじゃないですか」

「そのとき、山手線に乗って、一周する間、写真を撮ったという話を、彼がしませんでしたか？」

「ああ、してましたよ。香月君は、酔うと口数が多くなるほうで、あの夜も得意になって、ホステスに今、刑事さんのいった山手線のことを話してましたね」

「トラベル・ライターの中川さんも、ずっと一緒にいたんですね？」

「ええ。中川さんも、なかなか面白い企画だといっていましたよ」

「香月さんが、その夜、喋ったことを、くわしく教えてくれませんか」

と、十津川は頼んだ。

島崎は、煙草をくわえて、火をつけた。

「確か、朝早く、山手線に乗ったといっていましたよ。ラッシュアワーの前に、写真を撮りたかったからだと、いっていましたね。だから、午前六時前後に、写真を撮ったんだと思いますね」

「それは、いつやったんですか？　二十四日でしょうか？　それとも、二十三日でしようか？　あるいは、それより前？」

「いつって、いったかなあ」

と、島崎は考え込んだ。

「そのとき、一緒に席にいたホステスの顔か名前を覚えていたら、彼女たちにきいたらいいと思いますが」

亀井が、横からいった。

「それが、あの日は、二時間ぐらい飲んでいましたからね。その間に、ホステスも出たり入ったりしていたんです。だから、どのホステスがいるときに、香月君が山手線のことを話したか、はっきりしないんですよ」

「トラベル・ライターの中川さんは、ずっといたわけだから、彼が覚えている可能性がありますね？」

「ええ」

「中川さんに電話して、きいてくれませんか？」

と、亀井がいうと、島崎は、立ち上がりかけたが、

「駄目ですよ。中川さんは、うちの仕事で、今、北海道へ行っています。夏の北海道一周の取材を、お願いしてあって、確か二十六日から、行っているはずです」

「帰って来るのは、いつですか？」

「一週間行ってくるといってましたからね。八月一日か二日頃だと思いますね」

「連絡は、とれませんか？」

「気ままなひとり旅が、テーマですのでね。スケジュールはわからんのです。中川さんのほうから、連絡して来たら、今のことをきいておきますが」

「参ったな」

と、亀井が呟《つぶや》いた。

それでも、十三人ほどいるホステスの一人一人に、二十五日に香月の話を聞いていないかどうか、質問してみた。

三人のホステスが、香月が酔って、得意そうに山手線の話をするのを聞いたといった。

しかし、香月が写真を撮ったのが、何日だといったのかは、覚えていなかった。彼女たちが、客の話などいいかげんに聞いているということの証拠だろう。

7

十津川たちは、捜査本部に戻った。

何日に撮った写真かわからなかったのは残念だが、午前六時頃という早朝に撮ったことがわかっただけでも、大きな収穫だった。

二十二日、二十三日、二十四日のどの日かはわからないが、ともかく、その日の午前六時頃に、山手線の外側で起きた事件を調べればいいことになる。

それも、山手線の線路から、二百メートル以内の区域である。

殺人事件は、一件も起きていなかった。

高田馬場《たかだのばば》と目白《めじろ》の間の道路上で、二十三日の午前六時二十分に、車にはねられて、自転車に乗った老人が、重傷を負っていた。

この老人は、今も入院中である。

また、事故のあったのは、山手線の車窓から見える位置だった。

しかし、はねた車の運転手は、逮捕されていて、自分の不注意で老人をはねたことを認めていた。年齢も二十一歳で、新宿のカメラ店に、写真を受け取りに来た男とは、年齢が違っていた。

二十四日の午前六時九分頃、新大久保《しんおおくぼ》駅のホームでケンカがあり、片方が負傷していた。

しかし、この事件でも、加害者は捕まり、殴ったことを認めた上、釈放された。写真を撮られていたとしても、別に困りはしないだろう。

「何もありませんね」

西本刑事が、疲れた顔で十津川にいった。

「殺人《ころし》はあったが、まだ死体が見つからず、警察が動いていないんじゃありませんか？」

と、日下がいった。

「どういうことだね？」

十津川が、きく。

「山手線の外側のマンションの一室で、二十二日から二十四日までのどの日かに、殺人が行われたとします。朝早くです。しかし、犯人は死体を始末し、何食わぬ顔で生活していれば、われわれがいくら調べても、出て来ないことになります」

「それは、香月の写真と、どういう関係になるわけかね？」

「犯人が、マンションの窓を開けて、殺したんじゃありませんかね。それを写真に撮られたと思い、香月を殺して、フィルムを奪ったのではないかと、考えたんですが」

「それは、ちょっと考えられないよ」

と、亀井がいった。

「なぜですか？」

「窓を開けたまま、人を殺すかね？　それに今頃は、クーラーをつけているだろうから、窓は閉めてるよ。違うかね？」

と、亀井がいった。

「このままでは、何もわかりませんよ」

清水刑事が、肩をすくめるようにしていった。

「警部、どうしますか？　これ以上、聞き込みをやっても、何も出て来ないような気がしますが」

と、亀井が十津川にいう。

十津川は、しばらく考えていたが、

「写真を撮ってみよう」

と、いった。

「山手線の写真ですか？」

「そうだよ。香月と同じように、朝の午前六時頃に、山手線を一周して写真を撮ってみようじゃないか。そうすれば、周囲のビルや通路やホームが、その時間には、どんな表情をしているか、わかるだろう」

「カメラで、一分おきに、シャッターを押しますか？」

「いや、それは駄目だよ」

「うまくありませんか？」

「山手線の車両は、平均時速五十キロで走ると聞いたことがある。一分間に八百メートル以上動いてしまうということだよ。われわれが、香月と同じことをしても、スタート地点が異なれば、景色がずれてしまう恐れがある」

「なるほど。どうしたら、いいですか？」

「ビデオで、一周する間、撮り続ける。これは、西本君に、明朝、やってもらおう」

と、十津川は、西本を見た。

「撮る高さは、どうしますか？」

西本がきく。

「君は、山手線一周の写真を撮るとしたら、どうやって撮るかね？　座席に座って撮るかね？　それとも、立った位置で撮るかね？」

「そうですね。座席に座っていれば、楽ですが、窓の外を撮るときには、身体をねじ曲げなければなりませんね。座っていて、反対側の窓を撮れば楽ですが、間に乗客が立ってしまうかもしれませんね」

「それなら、立った恰好《かっこう》で、ビデオを廻して来てくれ」

と、十津川はいった。

8

翌七月三十一日早朝、西本刑事は、山手線の内廻りに乗り、ビデオを廻した。

それを捜査本部に持ち帰り、さっそく、全員で見ることになった。

「新宿で乗って、一周して来ました。午前五時半から六時半頃までです」

と、ビデオの再生の用意をしながら、西本が説明した。

いよいよ、テレビに景色が映り始めた。

十津川も、ときどき山手線に乗ることがあるが、改まって車窓の景色を見るのは、初めてだった。

なかなか変化があって、面白かった。

内廻りなので、新宿から、渋谷、五反田《ごたんだ》、品川と動いて行く。

どの駅も、まだラッシュアワーではないので、ホームは閑散としている。

電車が切り通しにかかると、画面には、崖《がけ》しか写らなくなる。

山手線には、それほど高低差はないと、十津川は思っていたのだが、ビデオで見ると、かなりあることに気がついた。

高田馬場あたりでは、ビルの谷間を走る感じだし、新大久保近くでは、完全な高架線になって、視界が広がっている。

ときどき外廻りの山手線の車両とすれ違う。

見終わると、亀井が、

「なかなか、面白いものですね」

と、十津川にいった。

「線路すれすれに建っているビルというのが、意外に多いのに、驚いたよ」

と、十津川はいった。

「しかし、どのビルの窓も、閉まっていましたね」

「二十二日から二十四日まで、どの日も、ウイークデイだ。休日じゃないが、午前六時前後では、どのビルもまだ社員が来ていないから、閉まっていて、当たり前だよ。クーラーのこともあるからね」

「そうですね。ビルの窓には、どれも人間は映っていませんでしたね」

「マンションなら、早朝でも人がいますが」

と、清水がいった。

「そのとおりだが、窓は開いていないよ」

「クーラーが、かかっているからですか？」

「それもあるが、線路近くのマンションだからね。窓を開けていたら、電車が通過する度に、うるさくて仕方がないだろう」

「すると、ますます、電車から殺人を目撃する可能性は、なくなって来ますね」

と、亀井がいった。

十津川は、西本に向かって、

「君は、どうやって撮って来たんだ？」

「どうやって、といいますと？」

「機械的にビデオカメラを廻していたのか、それとも、ファインダーをのぞいて、撮っていたのかということだよ」

「ちゃんと、ファインダーをのぞいていましたよ」

「一周、一時間ずっとかね？」

「そうです。山手線に乗るまでは、ビデオカメラのスタートボタンを押しておけば、そっぽを向いていても、自動的に写るなと思っていたんですが、いざ撮り始めると、どうしてもファインダーをのぞいてしまいますね。何が写っているのか気になって、景色も面白かったですから」

と、西本はいった。

「カメさん」

と、十津川は、亀井に向かって、

「香月も同じだったんじゃないかね。車窓から外に向かって、カメラを構えて、一分ごとに、シャッターを押した。そのとき香月は、ファインダーをのぞいていたと思うのだよ」

「同感です」

「そうだとすると、もし、山手線の外側で、事件が起きていたら、香月は、見たんじゃないだろうか？　カメラのファインダーを通してだが」

「そうですね」

「もし、香月が、何か事件を見ていれば、当然、警察に連絡するか、友だちに話しているはずだよ。あるいは、恋人の佐々木みどりにね。だが、香月は、警察に連絡していないし、恋人にも話してない。二十五日には、友人の島崎と一緒に飲んだが、事件を見た話はしていない。つまり、事件らしいものは、見なかったということになる」

「ええ」

「何もなかったのかもしれないな」

「しかし、警部。香月を殺した犯人は、彼が撮ったフィルムを奪っています」

「そこなんだな、難しいのは」

十津川は、考え込んでしまった。

9

一つの可能性を考えることは出来ると、十津川は思った。

何気ない景色が、大きな事件を暗示していたというケースである。

香月は、写真を撮りながら、それを見たが、彼にとっては、何ということもない一つの景色だった。

しかし、ある男にとっては、それを写真に撮られることは、一大事だった。だから、その男は、香月を殺し、フィルムを奪いとった。

十津川がこの推理を話すと、亀井は肯いてから、

「しかし、それが何なのか、香月は殺され、肝心のフィルムは、無くなっていますから、わかりませんよ」

と、いった。

「そうなんだよ。カメさん」

十津川は、苦笑した。

「別の方向から、この事件を調べてみませんか」

「どの方向だね？」

「犯人が、どうやって、香月のことを知ったかという問題です。香月が、山手線に乗って、写真を撮ったことを、どうして知ったかです」

「そうだね。今のところ、その線を追うより仕方がないかもしれんな」

と、十津川もいった。

犯人は、どうして、香月の存在が、自分にとって危険だと知ったのだろうか？

最初から、犯人は、香月の近くにいたのだろうか？

その可能性もある。

しかし、香月と同じ「旅の話」の編集部員の中には、いないはずである。

編集長を含めて、彼らは、香月が山手線の取材をやることを知っていたし、企画会議で、彼が山手線一周の写真を撮ると、話しているからだ。

何日の、何時頃に、写真を撮るとは、いってなかったらしいが、それでも、香月が写真を撮ると知っていて、山手線の近くで、事件は起こさないだろう。

とすると、犯人は、事件を起こしてしまってから、香月のことを知って、あわてて彼を殺し、フィルムを奪ったことになる。

「旅の話」の編集者たちの一人から聞いたのかもしれない。

二十五日の夜、香月は、新宿のクラブで、友人の島崎、トラベル・ライターの中川と飲み、山手線で一周しながら写真を撮ったと喋っている。

このとき同席したホステスや中川も、知ったはずである。

香月を殺し、フィルムをカメラ店から受け取ったのは、男だったが、その男はクラブのホステスといい仲だったことも、考えられる。

翌日、十津川と亀井は、もう一度、神田の出版社へ行き、「旅の話」のスタッフに会うことにした。彼らが、香月の仕事のことを他に話していないかどうか、確かめるためである。

その間、他の刑事たちには、新宿のクラブに行き、ホステスたちのことを、調べるように指示しておいた。

十津川は、編集長に会って、五人の編集部員に集まってもらい、話を聞いた。

企画会議があって、その席で、香月が山手線に乗って、一周しながら写真を撮るつもりだと、話したのは二十日だという。

「そのときに、何日の何時頃ということまで、香月さんは、話さなかったわけですね？」

と、十津川は、確かめるようにきいた。

「そこまでは、彼は、いいませんでしたよ」

と、編集長がいった。

「それでは、一周しながら、写真を撮るという話だけでいいんですが、その話を、皆さんは、他の人に話しませんでしたか？　二十五日に、香月さんが殺されるまでの間にです」

十津川は、そういって、六人の顔を見廻した。

「彼自身が、二十五日の夜、新宿のクラブで話していますが、それは除くんでしょう？」

と、島崎がきいた。

「ええ。除きます。あなた方が、ここにいるお仲間以外の人に、話したことはなかったかということです。その結果が、香月さんの死につながっていたとしても、皆さんは別にそんなことになると思って話したわけではありませんから、何の罪にもなりません。安心して話してくれませんか」

「私は、息子に話しましたよ。二十日の夜ね」

と、三十六歳になる中島《なかじま》という編集部員が、いった。

「どんなふうに、話されたんですか？」

「今度、うちの社で、山手線のことを記事にすることになって、一周しながら、周辺の景色を写真に撮ることになったと、いいました。香月君の名前は、出しませんでした。それは、間違いありません」

「息子さんは、おいくつですか？」

「中学一年です。鉄道マニアなんですよ。面白いから、いつか自分も同じことをやってみると、いっていましたね」

と、中島は笑った。

（違うな）

と、十津川は思った。

中学一年の息子は、友だちに喋ったかもしれないが、大人の世界にまでは、伝わらなかったろうと、思ったからである。

他の五人は、香月のことは、他の人間には話さなかったと、こもごもに語った。

その言葉が、本当に信用できるかどうかは、わからなかった。

何気なく喋っていて、忘れている可能性もあるし、十津川が、何の責任もないといっても、心にわだかまりがあって、正直に打ち明けられない場合もあり得たからである。

「今日、思い出されなくても、あとで誰かに話したのを、思い出されることがあるかもしれません。そのときには、私に電話して下さい」

と、十津川は、六人にいい、捜査本部の電話番号を教えた。

その日の夜おそくなって、西本刑事たちも戻って来た。

「あの店のママや、マネージャーにきいたところ、二十五日の夜、香月たちのテーブルについたホステスは、全部で六人です」

と、西本は、十津川に報告し、その六人の名前を黒板に書きつけた。

本橋《もとはし》　ミカ
橘《たちばな》　美知子《みちこ》
水田《みずた》　マキ
後藤《ごとう》あや子
井上《いのうえ》裕子《ゆうこ》

北村友美《きたむらともみ》

「このうち、本橋ミカ、井上裕子、北村友美の三人が、香月の話を聞いたといっています。前に、警部が調べられたときと同じで、午前六時頃に一周したと聞いたが、何日かは、覚えていないといっていますが」

「他の三人は、香月が山手線の話をしたとき、ちょうど他のテーブルに行っていたということになるのかね？」

「彼女たちは、そういってますが、本当かどうかわかりません」

と、西本はいった。

「それは、どういう意味だね？」

「今夜も見ていたんですが、あの店ではホステスがよく動きます。あるテーブルに着いていて、急にマネージャーに呼ばれて、他のテーブルに行ったかと思うと、また、前のテーブルに戻ったりしていますからね。他の三人も、聞いた可能性は、十分にあるわけです」

「この六人の他には、可能性のある者はいないのかね？」

と、十津川はきいた。

西本と一緒に、クラブに行った日下刑事が、
「あの店のママも、可能性はありますね」
「なぜ？」
「なかなか、やり手の女で、万遍《まんべん》なく各テーブルを廻って、お客のご機嫌をとってい
ます。ですから、香月たちのテーブルにあいさつに廻ったとき、彼が山手線の話をし
ていたかもしれないのです」
「じゃあ、ママの名前も書き加えておいてくれ」
と、十津川はいった。
日下が、六人のホステスの横に、ママの名前を書き加えた。
神林冴子《かんばやしさえこ》
である。
「この七人の男関係を、調べてくれ。その男が何か犯罪に関係しているようだったら、
マークする必要があるからね」
と、十津川はいった。

10

その捜査中に、トラベル・ライターの中川が、北海道の取材から帰って来たと聞いて、十津川は、亀井と二人で、代々木のマンションに会いに出かけた。

中川は、持ち帰ったフィルムや資料を、整理しているところだった。

「香月君とは、何回か一緒に仕事をしたんです。残念で仕方がありませんよ。若いが、有能な編集者でしたからね」

と、中川は、暗い顔で十津川にいった。

十津川は、香月の撮った山手線一周の写真が殺人の動機と思うと、相手にいった。

「それ、本当ですか？」

と、中川は、半信半疑の顔できく。

「本当です。それで、中川さんにおききしたいんですが、七月二十五日の夜、一緒に新宿で飲まれたとき、香月さんがその話をしたそうですね？」

「そうですよ。あの店で聞いたんだ」

と、中川は、大きな声を出した。

「そのとき、香月さんは、何日の朝、山手線で写真を撮ったと、いっていましたか？」

「何ていってたかなあ」

と、中川は考えていたが、

「一昨日《おととい》の朝、六時頃といっていましたよ、確か」

「一昨日というと、二十三日ですね？」

「二十五日の夜に、話したんだから、そう二十三日ですね」

新宿のカメラ店に、香月がＤＰＥを頼んだのは、二十四日の夕方、午後六時である。だから、二十四日までに撮ったと考えられるのだが、二十三日の朝だったのか。

「朝の六時というのは、どういうことですかね？　山手線は、一周で一時間かかります。午前六時に乗って、七時までかかったのか、それとも、六時に終わったということですかね？」

と、十津川は、きいてみた。

「はっきり覚えてないんですが、あの時の彼の話し方を思い出してみると、五時過ぎに乗って、六時過ぎに終わったというういい方でしたね」

と、中川はいった。

「失礼ですが、中川さんが北海道へ行かれたのは、何日からですか？」

十津川がきくと、中川は眉をひそめて、

「僕が、疑われているんですか？」

「香月さんの山手線のことを知っていた人たちには、全員、事情を聞くことになっているんですよ」

「つまり、怪しいというわけでしょう？」

「正直にいえば、そうかもしれません」

と、十津川は笑った。

中川も、笑いながら、

「二十六日の朝、羽田《はねだ》から千歳《ちとせ》へ飛びました。そのあとは、今朝まで、北海道の中を取材して廻っていましたよ」

「二十六日の何時の便ですか？」

「八時二〇分の全日空です。僕の名前が、乗客名簿にのっているはずですよ。ちゃんと本名を書いておきましたから」

と、中川はいった。

二十六日から昨日まで、北海道で泊まったホテルの名前も書き抜いて、十津川に示した。

「山手線のことを香月さんから聞いたのは、二十五日の夜が初めてだったんですか？」

と、今度は、亀井がきいた。

「山手線のことを記事にするという話は、その前から聞いていましたよ。しかし、二十三日の朝、山手線に乗って、写真を撮ったという詳しい話を聞いたのは、二十五日の夜が初めてです」

「その二十五日ですが、店を出てから、まっすぐ帰宅されたんですか？」

「やはり、容疑者扱いですね」

「申しわけありませんが、これが仕事なのでね」

「答えましょう。店を出たのが、十一時半頃だったと思いますね。僕は、翌朝早く、北海道へ発《た》つんで、まっすぐ帰宅しましたよ。一応の仕度をしなければなりませんからね。帰宅したのは、十二時少し前です。僕は、独身だから、証明する人間はいませんよ」

と、中川は、挑戦的にいった。

早速、十津川たちは、二十六日の午前八時二〇分羽田発千歳行きの全日空便を調べてみた。

中川の名前は、間違いなく乗客名簿にのっていた。

中川のいった、北海道各地のホテルに電話で当たってみたが、彼のいうとおり、泊まっていた。

第一日の二十六日は、札幌のKホテルに、午後一時にチェック・インしている。中川が、二十五日の夜、香月を殺したかどうかは不明である。殺しておいて、翌日早く、飛行機で千歳へ飛んだかもしれないからだった。

しかし、中川が、二十六日に、新宿のカメラ店で問題のフィルムを受け取っていないことは、はっきりした。二十六日の午後二時頃、犯人は、フィルムを受け取っていたからである。

午後一時に札幌のホテルにチェック・インした中川が、二時に新宿に来られるわけはない。

「どうやら、中川は、シロのようですね」

と、亀井はいった。

クラブのママ神林冴子と六人のホステスの調査のほうは、なかなか進展しなかった。四十五歳の神林冴子は、結婚していて、高校生の娘もいるのだが、それでも男関係は派手だった。

六人のホステスたちも、同様である。

十九歳から四十歳と、年齢はさまざまで、このうち、二人が結婚しているが、それは籍が入っているだけで、夫とは別居中だった。

十九歳の水田マキは、一見すると、水商売は、はじめてという感じで、初々《ういうい》しく見え、それで客の人気はあるのだが、実際には、十八歳のとき、チンピラと同棲《どうせい》し、子供を堕《お》ろしている。現在は、その男と別れているが、男関係は派手で、常に四、五人とつき合っているらしい。

「他の五人も、似たようなものです」

と、西本は、溜息《ためいき》まじりにいった。

「一人四人の男がいるとして、二十四人か」

と、十津川も苦笑した。

「ママの神林冴子を入れると、三十人近くなりますよ」

「大変だが、その男の一人一人に当たるんだ。二十三日の朝五時から六時台にかけて、山手線の沿線で、何か事件を起こしていないかどうかだ」

と、十津川はいった。

彼女たちに関係のある男の名前が、一人ずつ、明らかになっていった。

暴力団の組員もいれば、若いサラリーマンもいた。大会社の部長の名前が出て来たり、揚句《あげく》は、有名タレントも浮かんで来た。

その一人一人の二十三日朝の行動を調べるわけだが、これが難しかった。

ウイークデイの早朝である。まだ寝ていたという証言が大半だった。

当然の話である。そして、この証言ほど崩すのが大変なものはない。

捜査は、遅々として進まなかったが、八月五日になって、新しい展開を見せた。

六人のホステスの一人、北村友美が姿を消したのである。

11

北村友美は、二十八歳で、独身である。

住所は、中野のマンションだった。そのマンションにもいなくなったし、新宿の店にも顔を出さなくなったというのである。

十津川と亀井は、すぐ中野のマンションへ行ってみた。

部屋代が、十五万という1LDKの部屋である。

家具は、そのままになっていた。

ベッドも、三面鏡も、テレビも、洗濯機や乾燥機なども、どれも真新しかった。

洋服ダンスを開けてみると、毛皮のコートなどが吊るされていた。

「あわてて、逃げたという感じだねえ」

と、十津川は、部屋の中を見廻しながら、呟いた。

「西本君たちの調べでは、北村友美には、三人の男がいたようです。いずれも、店に来る客の中の三人です」

と、亀井がいった。

「その三人を、調べるように、西本君たちにいってくれ」

と、十津川がいった。

亀井が、部屋の電話で、西本刑事に連絡している間、十津川は、部屋の中を調べてみた。

家具や毛皮はそのままだが、どこを探しても、現金、預金通帳、それに宝石類は見当たらなかった。

多分、北村友美が持ち去ったのだろう。

十津川が手紙や写真を探していると、亀井が電話をすませて、やって来た。

「西本君と日下君が、すぐ三人に当たってみるそうです」

「どんな連中なんだ？」

「大会社の部長、レストランのオーナー、それに、若いエリートサラリーマンだそうです」

「客ダネは、いいんだね」

「六人のホステスの中では、一番、美人ですからね」

と、亀井がいった。

十津川は、見つけた年賀状の束の中から、一枚を抜き出して、亀井に見せた。

「母親からですね」

と、亀井がいう。

「そうだ。北村友美の故郷は、松江《まつえ》だ」

「そこに、帰った可能性もありますね」

「島根県警に頼んで、調べてもらおう」

と、十津川はいった。

北村友美の写真も、何枚か見つかった。

男と一緒に写っている写真も多い。そうした写真と手紙を、十津川は、全部、捜査本部に持ち帰った。

島根県警に電話し、北村友美が、両親のところに戻っていないかどうか、調べてもらうことにした。

一時間して、返事があった。北村友美は、松江に帰っていなかった。

西本と日下の二人が、戻って来た。

「三人に会って、話を聞いて来ました」

と、西本が、十津川に報告した。

「三人とも、北村友美との関係を認めたかね？」

「それが、意外に素直に認めたので、拍子抜けしました。もっとも、こちらは、マネージャーや他のホステスに聞いて、しっかり証拠は押えておいたんですが」

「三人のうち、誰が怪しかったかね？」

と、十津川がきくと、西本は当惑した表情になって、

「それが、妙なことになって来ました」

と、いう。

「どんなことだね？」

「三人とも、同じことを、いっているんです。北村友美には、最近、新しい男が出来ていたらしいというのです」

「新しい男が」

「そうなんです。三人とも、一年から二年前の関係ですからね。彼ら以外の男であることは、間違いありません」

「それ、本当なのかね？　三人が、嘘《うそ》をついているということは、考えられないかね？」

「わかりません。ただ、嘘をついているとしたら、三人は、しめし合わせて、嘘をついていることになります」

「具体的に、彼らは、どんなことをいっているのかね？」

と、亀井が、横からきいた。

「三人の一人、阿佐ケ谷《あさがや》で、レストランをやっている四十歳の男ですが、こういっています。前は、誘えば、必ずつき合ってくれたが、最近、いくら誘っても、あれこれいって、誘いに応じなくなっていたそうなんです。それで、新しい男が出来たと直感したといっています」

「他の二人も、同じことをいっているのかね？」

「そうです。三人の中の二十九歳のエリートサラリーマンは、こうもいっています。誘いに応じなくなっただけでなく、自分との縁を切りたがっていたそうです」

「店の連中は、北村友美の新しい男については、知らなかったのかね？」

と、十津川がきいた。

「どうも、まったく気がつかなかったようですね。ホステス同士は、そういう情報は、すぐ広がるものですが、北村友美の新しい男については、誰も知りませんでしたね。彼女が隠していたからだと思います」

「ここに、北村友美の家から持って来た写真がある。例の三人の男が写っているものは、除《ど》けてみてくれないかね」

十津川は、西本と日下にいい、机の上に持ってきた写真を並べた。

全部で、三百枚近い数である。

西本と日下が、その中から、三人の男の写っているものを、除けていった。

北村友美がひとりで写っているものや、女性同士で写っているものも別にした。

残ったのは、五枚だった。

そのうち、二枚は、同じ男が友美と並んでいた。あとの三枚は、違う男たちである。

従って、五枚には四人の男が、写っていることになる。

その五枚を、十津川は、西本に渡して、

「もう一度、あのクラブに行って、これをマネージャーやホステスたちに見せて、知っている顔がいないかきいてみてくれ」

と、いった。

12

西本たちは、夜半過ぎに戻ってきた。

「この中の三人は、よくあの店に来る客だそうです」

と、西本は、十津川にいった。

その客の写真には、丸がつけられていた。

残りは、一枚の写真である。

三十歳前後の男が、北村友美と並んでいる。

かなり背の高い男である。

ただ、故意か偶然か、ピントの合っていない写真で、男の顔も友美の顔もかなりぼやけている。

肩を抱いているわけでも、手をつないでいるわけでもない。写真で見る限り、そう親しそうには、見えなかった。

背景は、東京ではなかった。

右隅に、城が小さく写っている。どこかの城下町に旅行したとき、セルフタイマーで撮ったのかもしれない。

十津川は、この写真を何枚かコピーさせた。

亀井が、その一枚を持って新宿のカメラ店に出かけて行った。七月二十六日に、例のフィルムを受け取りに来た男が、写真の男だったかどうかきくためである。

西本と日下の二人は、同じ写真を持って、北村友美の住んでいたマンションに向かった。管理人や他の住人たちに写真を見せて、この男が彼女を訪ねて来たことがなかったかどうか、きくためだった。

どちらも、写真のボケが壁になった。

先に戻って来た亀井は、首を振りながら、

「店員の奴、わからないというんですよ」

と、十津川にいった。

「違うとは、いわなかったんだな？」

「ええ。こんなピンボケの写真じゃわからないと、顔をしかめてましたね」

「それでもいい。まったく別人とはいわなかったんだから、同一人の可能性もあるわけだよ」

「それは、そうですが」

「私は、この写真の男に賭《か》けてみようと、思っているんだ」

と、十津川はいった。

「香月修を殺した犯人だと、思われるわけですか？」

と、亀井がきいた。

「犯人の男は、香月が二十三日の早朝、山手線一周の車窓の写真を撮ったことを知って殺した。これは、間違いないと思っているんだ」

「そうですね」

「北村友美は、二十五日夜、店で香月の話を聞いている。その彼女が消えた今、彼女と関係のある男をマークするのは、当然だろう」

と、十津川は、自分にいい聞かせる調子でいった。

西本と日下も、おくれて帰って来たが、彼らの報告も似たようなものだった。

北村友美のマンションには、何人かの男が、訪ねて来ていたらしい。例の三人の男のことは、管理人たちが確認したが、問題の男については、よくわからないという返事しかもらえなかったと、西本は、十津川にいった。

「ただ、同じ階に住む女性から、面白い話を聞きました。彼女も水商売で働く人間ですが」

「その女が、何といっていたんだ？」

「彼女は、北村友美と仲がよくて、友美の男のことも、いろいろと聞かされていたというんです。例の三人の男のことも知っていました。ただ、最近になって、急に北村友美の様子が、おかしくなったというのです。秘密主義になって、何も喋らなくなったと、いっていましたね」

「何かを、企《たくら》んでいたのかな」

「もし、そうなら、香月を殺した男とかもしれません」

「そして、二十三日の早朝、男は、北村友美と、それを実行したかな？」

「山手線の近くでですか？」

「ああ」

「しかし、今まで調べたところでは、何も起きていませんが」

と、西本はいった。

「もう一度、調べてみよう。二十三日の午前五時から七時までの二時間に、山手線の外側二百メートル以内で、何かが起きていないかをだ」

と、十津川はいった。

13

山手線一周は、三十四・五キロである。

それから外側へ、二百メートルの細長い帯状の地域を作る。その中で、二十三日の早朝、何があったのだろうか？

十津川は、捜査一課長に頼んで、刑事を増やしてもらい、警官も動員して、もう一度、徹底的に調べていった。

その地域にマンションがあって、空室があれば、その部屋を調べてみた。そこに死体が隠されていることも、考えられたからである。

二十三日以前から、不法駐車している車があれば、室内を調べ、トランクの中も調べることにした。

捜査が徹底していたために、さまざまな影響が出た。

マスコミの中には、起きてもいない事件に事《こと》よせて、過激派のアブリ出しをやっているのではないかと、書いたものもあった。

新大久保近くのアパートでは、二カ月前に傷害事件を起こして逃走していた前科五犯の男が、見つかった。

目黒《めぐろ》の近くでは、マンションの三階に母親と一緒に住んでいた暴走族の十八歳の少年が、自分を逮捕しに来たと勘違いして、ベランダから飛び降りて、両足を骨折する重傷を負い、病院へ運ばれた。

だが、肝心のことは、わからなかった。

死体は、出て来なかったし、二十三日の早朝に、未解決の事件も起きてはいなかった。

八月七日の午後開かれた捜査会議では、これまでの捜査方針に対する疑問が噴き出した。

本部長の竹田《たけだ》は、十津川に向かって、

「香月修が殺されたのは、彼が、二十三日早朝に、山手線で写真を撮ったからだというのは、間違っているんじゃないのかね。だから、現在、壁にぶつかっているんじゃないのかね？」

「しかし、今のところ、他に動機は見つかりませんが」

「果たして、そうだろうかね？」

と、竹田は、十津川を見た。

「どんな動機が、考えられますか？」

「いろいろと考えられるよ。たとえば、流しの強盗だとしよう。犯人は酔って帰宅した香月から、金を奪おうとして、うしろから殴りつけた。最初から殺す気はなかったろうが、力が入って、殺してしまった。そして、金目のものを探したが、財布の中には、わずかな金しか入ってない。犯人は、マンションのキーを見つけ、それで、香月の部屋を調べたんだ。住所は、運転免許証に出ているからね」

「そこまでは、わかりますが、犯人は、なぜ新宿のカメラ店に、翌日行って、フィルムを受け取ったんでしょうか？」

と、十津川はきいた。

「単なる好奇心かもしれんよ」

「犯人のですか？」

「そうだ」

「どうも、それでは納得できませんが。それに、北村友美というホステスも、行方不明になっています」

「ホステスが急にいなくなったりするのは、よくあることだよ。新しい男が出来て、その男と一緒にどこかへ行ったのかもしれないし、借金から逃げるために、姿を消したのかもしれないじゃないか」

「どうしても、フィルムの件が引っかかるんですが」

と、十津川がいうと、竹田本部長は、

「君のいい分もわかるが、その結果、壁にぶつかって、にっちもさっちもいかなくなっているんじゃないのかね？」

と、いい、皮肉な眼つきをした。

確かに、その点は、竹田のいうとおりだった。

いくら調べても、今までのところ、事件の破片さえ、発見できないのだ。

捜査会議は、結論の出ないまま解散したが、そのあと、十津川はひとりで、西本の撮ったビデオテープを見た。

西本が山手線の内廻りに乗り、車窓から外側の景色を撮った一時間のビデオである。

もちろん、これは、殺された香月の撮ったものと同じではない。

香月は、ビデオカメラではなく、普通のカメラで、一分おきにシャッターを切って撮っている。

いちばんの違いは、香月が二十三日に撮ったということである。

おそらく、二十三日の早朝に香月が撮ったフィルムには、犯人にとって都合の悪いものが、写っていたのだろう。あるいは、写っていると思ったのだろう。だから、香月を殺して、フィルムを手に入れた。

十津川は、それが何なのか、知りたいのだが、西本の撮ったビデオには、平和な町の景色しか映っていないのだ。

十津川が、眼が疲れて、洗面所で洗っていると、

「コーヒーをいれましょう」

と、亀井が、声をかけてきた。

「帰らなかったのかい？　カメさんは」

「家に帰っても、することがありませんのでね」

と、亀井は笑って、コーヒーをいれてくれた。

「西本君のビデオで、何かわかりましたか？」

「残念ながら、何回見ても、何もわからない。われわれの探しているのが、殺人事件なのか、強盗事件なのかさえわからない。このままでは、完全にお手上げだね」

「あの写真から、何かわかりませんか？　北村友美と男が写っている写真ですが」

「今、城の専門家に見てもらっているから、バックの城がどこにあるかわかると思っている。しかし、それがわかっても、どうにもならんかもしれないがね」

と、十津川はいった。

亀井は、二つのコーヒーカップにコーヒーをいれ、十津川に片方をすすめてから、

「新聞の助けを借りたら、どうでしょうか？」

と、いった。

「どんなふうにだね？」

「香月が二十三日の早朝に乗った山手線の車両ですが、他にも乗客はいたはずです」

「ああ」

「早朝ですから、少なかったとは思いますが、十両編成なら、一両二十人として、一編成で二百人、乗降客が何度か入れ換わりますから、一周する間には延べ千人くらいの乗客があっただろうと思われます。その中の三分の一ぐらいは、環状線の外側を見ていたと、みていいんじゃないでしょうか？」

「つまり、何か見た人はいませんかと、新聞で呼びかけるわけか？」

「そうです」

「果たして、効果があるかね？」

「私は、あると思います。たとえ、名乗り出て来なくても、犯人に与えるショックは大きいと思いますね。犯人は、香月のフィルムを恐れて、彼を殺したくらいですから、

われわれの呼びかけには狼狽《ろうばい》すると思いますね」

「そして、尻《し》っ尾《ぽ》を出すか？」

「それを期待しているんですが」

と、亀井はいった。

14

十津川は、本部長の竹田に話し、捜査一課長を通して、刑事部長にも話した。

その結果、何とか、マスコミへの要請は、受理された。ただし、それで効果がなければ、今までの捜査方針を変えるという条件つきだった。

十津川は、記者たちに集まってもらい、警察の要請を載せてくれるように頼んだ。

七月二十三日の午前五時から七時までの間に、山手線に乗っていた人で、車窓の外に、何かおかしなものを見た方は、すぐ警察か各新聞社に連絡してほしいという訴えだった。

その結果が出るのを待っている間に、例の写真のバックの城が、鶴《つる》ケ城《がじょう》の天守閣らしいとわかった。

「行ってみるかね？」

と、十津川は、亀井にいった。

「そうですね。新聞のほうは、効果が出るとしても、明日からでしょう。会津若松《あいづわかまつ》なら、今日行って、明日中には帰って来られます」

「それで、決まった」

と、十津川はいった。

二人は、一二時〇〇分上野発の東北新幹線の「やまびこ」に乗った。

郡山《こおりやま》に着いたのは、一三時二一分である。

郡山から、磐越西線《ばんえつさいせん》で、会津若松に向かう。

快速「ばんだい」で、会津若松には一四時三四分に着いた。

盆地のせいか、東京とは、また違った暑さだった。

「暑いね」

と、十津川は、空を見上げて呟いた。

タクシーに乗って、鶴ヶ城に向かった。まず、写真を撮ったと思われる場所を見つけるためである。

古めかしさと、新しさが入り交じったような市街を七、八分も走ると、鶴ヶ城に着いた。

タクシーをおり、二人は、炎天の下を本丸《ほんまる》に向かって歩き出した。

濠《ほり》にかかる橋を渡る。

「北村友美の郷里は、松江でしたから、ここには、ただ観光に来たんでしょうか?」

歩きながら、亀井がきく。

「あるいは、男の郷里なのかもしれない」

「そうなら、何とか、男の身元を割り出せるかもしれませんが」

「しかし、会津若松市は、人口十万を越えている。その中から、男の関係者を見つけ出すのかね? しかも、頼りの写真はピンボケだ」

と、十津川はいった。

城の中は、公園になっていた。猛烈な暑さだが、それでも観光客が何人か歩いていた。

本丸の前では、若いカップルが記念写真を撮っている。

十津川は、例の写真を取り出して、撮影された場所を探した。

それは、すぐわかった。

二人は、そこに立って、鶴ヶ城の本丸を見上げた。

「男と北村友美が、ここに来たことだけは、はっきりしたね」

と、十津川はいった。

「男のほうが、コートを着ていますから、冬から春先にかけてだと思いますね」

「男が、女をここへ誘ったと思うかね？」

「多分、そうでしょう」

「それなら、男がこの会津若松を案内したはずだよ。何とか彼らが歩いた足跡を追えるかもしれない」

と、十津川はいった。

「タクシーですか？」

「タクシーに乗ったか、観光バスに乗ったかは、調べてみればわかるだろう。それに食事だ。観光に来れば、この町で美味《うま》いといわれる名物を、食べに行ったと思うね」

「タクシーの運転手に、きいてみましょう」

と、亀井がいった。

二人は、待たせてあるタクシーに戻ると、運転手に、

「この町で、よく観光客が行く店を教えてくれないか。安くて、美味い店がいいんだが」

と、十津川がいった。

「この町の名物が、いいんですか？」

「ああ、それがいいね」

「それなら、みそ田楽《でんがく》はどうですか？　安いし、美味いんです」

「この町の名物かね？」

「そうです。観光客が必ず行く店です」

「じゃあ、その店へ連れて行ってくれ」

と、十津川はいった。

運転手が連れて行ったのは、満田屋《みつだや》という店だった。

古い造りの家で、中に入ると、ぷーんとみその焦《こ》げる匂いがした。

昔なつかしい田楽である。

十津川は、経営者に例の写真を見せた。他に、はっきり写っている北村友美の写真も添えて、

「この二人が、ここに来ませんでしたかね？」

と、きいた。

従業員たちが、その二枚の写真を見せ合っている間に、十津川は電話を借りて、東

京にかけた。

マスコミへの協力要請が、うまくいっているかどうか、きくためだった。

「大変です。警部」

と、電話に出た西本刑事が、大声でいった。

「どうしたんだ？　うまくいかないのか？」

「そうじゃなくて、北村友美が殺されたんです」

と、西本がいった。悲鳴に近いいい方だった。

「間違いないのか？」

「間違いありません」

「どこで、どんな殺され方をしていたんだ？」

と、十津川はきいた。

「京王多摩川《けいおうたまがわ》近くの川の中に、沈んでいました。後頭部を強打されたあと、水中に沈められたんだと思います」

「すぐ戻る」

と、十津川はいって、電話を切ると、亀井に、

「北村友美が殺された。私は、これから東京へ帰るが、カメさんは残って、男と彼女

の足跡を調べてくれ」

「東京にいたんですか」

「そうらしい」

と、十津川はいい、亀井を残して、満田屋を出た。

タクシーで、会津若松駅に向かう。

（後手《ごて》を踏まされている）

という気持ちが、十津川を捉えていた。

北村友美を見つけて、香月が殺された事件との関係を聞き出そうと、思っていたのである。

相手は、それを見越して、先手を打ったのだろうか？

そうなると、いよいよ、彼女と一緒に写真に写っている男のことが、気になってくる。

会津若松から郡山に出て、あとは東北新幹線で上野へ帰った。

車内で電話しておいたので、上野駅には、日下刑事が迎えに来てくれていた。

彼の運転するパトカーで、調布《ちょうふ》警察署に向かった。

「どんな具合なんだ？」

と、十津川は、日下にきいた。

「今、死体は解剖に廻されていますが、昨日夜おそく殺されて、多摩川に投げ込まれたものと思われます。所持品は、今のところ、見つかっていません」

「わかっているのは、それだけかね？」

「残念ですが、他には何もわかりません。われわれが北村友美をマークしていなければ、身元もなかなか割れなかったと思います」

と、日下はいった。

甲州《こうしゅう》街道を走って、調布警察署に入ると、早くも「多摩川殺人事件捜査本部」の貼り紙がしてあった。

被害者が北村友美とわかって、香月修の事件との関係が考えられ、十津川たちのチームが担当することになった。

死体はすでに、解剖のため、大学病院に運ばれている。

十津川は、死体が発見されたときの写真を見ることにした。

二十枚近い写真である。

発見されたとき、死体は、多摩川の浅瀬に、俯伏《うつぶ》せに流れついていた。

おそらく、何十メートルか上流で、投げ込まれたのだろう。

白いワンピースの夏服を着て、靴ははいていないが、これは、死体が投げ込まれたときか、流されているときに、ぬげてしまったものと思われる。

後頭部の拡大写真を見ると、はっきりと陥没《かんぼつ》部分が見える。明らかに何か鈍器で強打されたのだ。

ハンマーか、スパナか、あるいは、コンクリートの塊《かたま》りだったかもしれない。

次の写真は、浅瀬から引き上げられて、仰向けにされた北村友美である。

顔がむくんだように見えるのは、何時間か水に浸《つか》っていたからだろう。

「聞き込みは、やっているのか?」

と、十津川は、写真から顔をあげて、西本や日下刑事たちの顔を見廻した。

「やっていますが、まだ、多摩川の周辺で、被害者を見たという人間は、見つかっていません」

と、西本がいった。

「死体の発見者は?」

「この近くの老人で、釣りに来て、発見したといっています。この老人と北村友美とは、まったく無関係だと考えられます」

「所持品は、ぜんぜん見つからないのかね?」

「死体の発見場所から、上流にかけて調べていますが、何も見つかっていません。ハンドバッグでも見つかればと思ったんですが」

「身につけていたのは、これだけかね？」

十津川は、ポリ袋に入った腕時計などを、机の上に並べながら、きいた。

「それだけです」

と、日下がいう。

腕時計
ネックレス
指輪
イアリング

それだけだった。腕時計はカルティエで、二十万円ぐらいのものだろう。

ネックレスは金《ゴールド》だが、さほど高いものではない。

指輪も大きなルビーだが、

「ニセモノです」

と、日下がいった。

「ニセモノか」

「鑑定してもらったところ、せいぜい二、三万円だろうということです」

「イアリングは、ピアスだね」

「片方だけでした。小さなパールですが」

「こういったものは、彼女が新宿のクラブで働いていたときから、身につけていたものかね？」

「それは、まだ調べていません」

「ぜひ、調べて来てくれ」

と、十津川はいった。

西本と日下の二人が、九時を過ぎてから、新宿に出かけて行った。

彼らが帰るのを待っている間に、会津若松に置いてきた亀井刑事から、連絡が入った。

「あれから、満田屋の従業員が、写真の二人を思い出してくれました」

と、亀井が、嬉《うれ》しそうにいった。

「すると、彼らも、あの店で田楽を食べたということだね？」

「そうです。今年の四月頃だったそうです」

「しかし、どうして、覚えていたんだろう？　他に観光客も多いだろうに」

「それなんですが、あの二人が、田楽を食べているうちに、急にケンカを始めて、女性のほうが怒って、店を飛び出してしまった。それで、覚えているんだそうです」

「ケンカをね」

「どんなケンカだったのか、きいてみました」

「覚えていたかね？」

「若い女の従業員が、覚えていましたよ。二人が何を話していたかは、わからなかったが、女性が突然、『大きいことばかりいってて、いつになったら実行できるのよッ』と大声で叫んで、店を飛び出して行ったそうです」

「面白いね。そのとき、男のほうは、どんな態度をとったんだろう？」

「舌打ちをし、料金を払ってから、店を出て行ったそうです」

　と、亀井がいう。

「その他に、わかったことは？」

「今、私は、東山《ひがしやま》温泉の旅館に来ています。会津若松から、車で二十分のところにある温泉ですが、どうやら二人は、ここで一泊しているらしいのです。これから、彼らの泊まった旅館を突き止めようと思っているのですが」

「頼むよ」

と、十津川はいった。

二時間ほどして、西本と日下の二人が帰って来た。

「あの店のホステスたちは、北村友美が殺されたと聞いて、みんな、びっくりしていましたよ」

と、西本が、十津川にいった。

「それで、腕時計や指輪のことは、どういっていたね？」

「カルティエの腕時計は、失踪《しっそう》する前から持っていたそうです。それから、ニセのルビーの指輪ですが、北村友美は、いぜんからルビーが好きで、いつか大きなルビーを買いたいといっていたそうです」

「しかし、ニセのルビーじゃ、しようがないな」

「それについてですが、同僚のホステスがこんなことをいっていました。北村友美が失踪する直前に、今度、大きなルビーを買うといっていたそうなんです。それがイミテーションだったのねって、そのホステスは、笑っていましたが」

「本人は、これがイミテーションだと、知っていたのかな？」

「さあ、どうですかね。本物より色がきれい過ぎるから、素人にもすぐわかるはずだと、専門家は、いっていましたが」

「確かにきれい過ぎるね」

「それに、天然のルビーで、こんな大きなものは、日本では、めったに売ってないそうです」

と、西本がいった。

十津川は、北村友美が失踪する直前に、大きなルビーを買うといっていたことに注目した。

何か、男と組んで、大きな犯罪を実行したのではないのか？

それで、大きなルビーが買えると、思っていたのではないのか？

だが、彼女は、殺され、死体の指には、ニセモノのルビーの指輪がはめられていた。

これを、どう解釈したら、いいのだろうか？

男が北村友美を殺したのは、マスコミが七月二十三日早朝の山手線に乗った人たちに、協力を呼びかけたからだろう。

共犯者の北村友美の口を封じたのだ。

15

新聞の記事への反応は、少しずつ現われた。

電話や手紙で、主として、新聞社に情報が寄せられた。

電話の場合、新聞社では、相手の名前と、二十三日の何時に何を見たかを聞いて、警察に連絡して来た。

手紙はまだ数通しか寄せられなかったが、それも捜査本部へ届けられた。

十津川は、それを冷静に検討し、調べる必要があると判断したときは、刑事を行かせて、さらにくわしく話を聞くことにした。

たとえば、二十三日の朝六時に新宿で山手線に乗り、池袋まで行ったが、目白近くを走っていたとき、近くのマンションのベランダに若い男がいた。そのときは、部屋の主がベランダに出ているると思ったが、今になってみると、ベランダから侵入しようとしていた泥棒かもしれないという電話もあった。

十津川は、すぐ清水刑事を行かせたが、問題のマンションには、若夫婦が住んでいて、二十三日の朝は、夫のほうがベランダに出て、体操をやったのだという。念のために調べたが、そのとおりだったといって、笑いながら帰って来た。

山手線に乗っていて、ＵＦＯを見たなどというものもあったが、そういうものは、最初からオミットした。

線路の近くの電柱に、からすが巣を作っていて、ヒナが落ちかかっているという電話もあった。

これは、事実だったが、まさか、それが殺人事件とは、関係はないだろう。

東山温泉へ行った亀井から、電話が入った。

「見つけましたよ！」

と、亀井は、弾《はず》んだ声でいった。こんなとき、亀井は、本当に嬉しそうな声を出す。

「例の二人が泊まった旅館が、見つかったのか？」

「そうです。とうとう見つけました。東山温泉の『よしだ』という旅館です。今日、そこへ行って、いろいろと聞いて来ました」

「それで？」

「二人が泊まったのは、四月七日から八日にかけてです。宿帳は、男が書いたそうですが、名前は、黒田弘《くろだひろし》、並びに妻友美です」

「女の名前は、本名を書いたんだな」

「そうです。それから、住所は東京都杉並《すぎなみ》区下高井戸《しもたかいど》×丁目『メゾン・ニュー下高井戸』です」

「すぐ、調べさせよう」

と、十津川はいった。偽名だろうし、住所もでたらめかもしれないが、念のためである。

「その旅館での二人の様子は、どうだったんだね？」

と、十津川はきいた。

「おかみさんとお手伝いに、きいてみました。よく覚えているのは、男がやたらに大きなことをいっていたことだというんです。何億も儲《もう》けたことがあるとか、この東山温泉に十一階建てのホテルを建てたいとか、いっていたそうです」

「それは、二人が田楽を食べていて、ケンカになったことと符合するね」

「ぴったり一致するので、写真の二人に、間違いないだろうと思います」

「その旅館では、二人はケンカはしなかったのかね？」

「しなかったようです。それから、ルビーの話があるんです」

「ルビー？　どんな話だね？」

「これは、二人のところに、夕食を運んだお手伝いの話なんですが、彼女は、ルビーの指輪をしていたんだそうです。ルビーといっても、五万円くらいの指輪だそうですが、それを見て、女のほうが、ルビーが好きだといって、ルビーの話になったらしいんです。そうしたら、男が真顔で、そのうちに五カラットでも六カラットでも、好きなルビーを買ってやると、女にいったそうです。冗談の口調ではなかったと、いっていますね」

「その話も、面白いよ」

と、十津川はいい、イミテーションのルビーのことを話した。

「イミテーションですか」

亀井は、がっかりしたような声を出した。

「いや、本物のルビーも、買ったのかもしれんよ」

と、十津川はいった。

16

西本と日下の二人が、すぐ、杉並区下高井戸へ急行した。

多分、住所もでたらめだろうと、十津川にいわれていたが、二人が下高井戸に来てみると、「メゾン・ニュー下高井戸」というマンションは、実在した。

「あったよ」

と、西本はいい、日下と顔を見合わせた。

ただ、黒田弘という名前の住人は、いなかった。

西本と日下は、管理人に会った。

「この男なんですがね。黒田という名前ではなかったのかもしれない。このマンショ
ンに、住んでいませんでしたか？」

西本は、例の写真のコピーを、管理人に見せた。

「ずいぶん、ぼんやりした写真ですねえ。これじゃあ、よくわかりませんが」

と、管理人は、肩をすくめるようにしていった。

「この写真しかないんですよ。背が高くて、三十歳くらいなんだが」

「そういう人は、沢山いますよ」

と、管理人がいう。

日下は、十津川の言葉を思い出して、

「この男は、やたらに、大きなことばかりいうらしいんですよ。大きなルビーを買っ
てやるとか、大きなホテルを建てて見せるとか」

と、いい添えると、管理人はニヤッと笑って、

「それなら、大川《おおかわ》さんかもしれませんね」

「大川？」

「そうです。六月まで、ここに住んでいた男の人ですよ。名前は、大川悠《ゆう》さん。とにかく、いつも大きなことをいっていましたよ」

「どんなふうにですか？」

「いつも、金に困ってるくせに、何億もの金が入ってくる儲け仕事があるんだとか、このくらいのマンションは、そのうちに買い取ってやるとかね。それも、冗談口調でなく、真面目な顔でいうんですよ。ときどき、本当に出来るのかなと、思ったりもしましたがねえ」

「大川悠という名前は、間違いないんですね？」

と、西本が、念を押した。

「ここは、賃貸《ちんたい》マンションですが、その契約書に、大川悠と書いていましたからね」

「何をしていた人ですか？」

「それが、よくわかりませんでしたね。何かブローカーみたいなことをやっているって、聞いたこともあるし、用心棒みたいなことをやっているともいっていたし――」

「用心棒ねえ」

「痩せていても、昔は、ボクシングをやっていたことがあるんだって、自慢してましたよ」

「大川悠の部屋は、今、どうなっています？」

「もう、別の人が、入っていますよ」

「じゃあ、彼の荷物は、ここには残っていないんですね？」

「ええ。ぜんぜん残っていませんよ。といっても、もともと大川さんの部屋は、調度品なんか少なかったですけどね」

と、管理人は笑った。

「大川さんの家族は、東京にいるんですか？」

「それも、わかりませんね。とにかく、大きなことばかりいう、得体《えたい》の知れない人でしたからね」

「今、どこにいるのか、まったくわかりませんか？」

「ええ。わかりません。電話もかかって来ませんよ。普通は、引っ越しても、届け物なんかを廻したりするんで、連絡してくるものなんですがねえ」

「大きなことばかり、いっていたといいましたね」

「ええ」

「つまり、大金を儲ける話をしていたわけですね？」

「そうなんですよ。頭を働かせれば、一億でも二億でも、儲かるんだっていってましたねえ」

「具体的に、どんなことをして、大金を儲けるんだって、いってましたか？」

「それは、教えてくれませんでしたよ。秘密だって、いってね」

と、管理人は、いってから、急にニヤッと思い出し笑いをした。

日下が、それを見て、

「何か知ってるんですね？」

「実は、大川さんの部屋に用があって行ったら、留守でドアが開いてたんですよ。そのとき、大川さんは、一階の郵便箱を見に行ってたんです。いつも、大きなことばかりいってる人の部屋って、どんななのかという興味がありましたんでね。そっと入ってみたんですよ」

管理人は、声をひそめていった。

「それで、何か見つけたんですか？」

と、日下がきいた。

「何にもない部屋でね。ただ、机の上に、スクラップブックがあったんです。何をスクラップしてるんだろうと思って、広げてみたんです。何が貼ってあったと、思います?」

「いや、わかりませんが」

「それが、例のグリコ事件とか、子供の誘拐事件とか、恐喝事件といったニュースの切り抜きばかりが貼ってありましたよ」

「ほう」

「大川さんは、こんなことをやって、大金を手にしようと考えてるのかと、びっくりしたんですが、そのとき、大川さんが戻って来ましてね。あわててスクラップブックを戻したんですが、怖い眼で睨《にら》まれて、寿命が縮まりましたよ」

「事件のスクラップですか。それも大金が手に入るような事件の」

「そうなんですよ。大川さんは、それを実行したんですか?」

と、管理人がきいた。

「いや、まだ、何も起きていませんよ」

と、西本がいった。

17

二人は、マンションの住人にも当たってみた。

大川悠は、近所づき合いをしていなかったらしく、彼のことをよく知っている住人には、なかなか会えなかった。

ただ、辛抱強く、一人一人に当たっていく中に、同じ階に住む田代《たしろ》ひろ子という二十五歳の女性から、面白い話を聞くことが出来た。

一度だけ、大川に口説《くど》かれたというのである。

「それが、あんたのためなら、危ない橋を渡ってでも、二、三億、儲けてやるって、いきなりいわれたんですよ」

と、田代ひろ子は、笑いながらいった。

彼女は、面白い冗談だと思って、断わったという。

北村友美も、同じようなことをいわれて、口説かれたのかもしれない。

西本たちは、管理人や田代ひろ子に協力してもらって、大川悠の似顔絵を作ることにした。

今、警察が持っている男の写真が、頼りなかったからである。

二時間ほどかかって、男の似顔絵が出来あがった。

亀井も、帰京した。

改めて、捜査会議が持たれた。

十津川は、新しく出来た男の似顔絵を、黒板に貼りつけた。

「この男が香月修を殺し、今度、北村友美を殺したことは、まず間違いないと思っている」

と、十津川はいった。

「逮捕令状は、とれますか？」

西本刑事がきいた。

「いや、それは、今の状況では、無理だよ。第一、大川悠という男について、われわれは、ほとんど何も知らない。それに、肝心の二十三日に、何が行なわれたのか、まったく、わからないんだからね。もし、二十三日のことが不明のままだと、この大川が、香月と北村友美を殺した動機の説明が、つかなくなってしまうんだ」

「その二十三日の件ですが、新聞の呼びかけでも、何もわからないようですが」

と、亀井がきいた。

「それで困っている。さすがに、各新聞が一斉に呼びかけてくれたおかげで、電話や手紙の情報がどんどん届いているが、これだと思うものはなかったよ。残念ながらね」

と、十津川はいった。

「なぜ、ないんでしょうか？」

と、清水刑事がきいた。

「ないのが、不思議みたいだね」

「私も今までに十二の情報を調べてみましたが、ありませんでした。しかし、山手線一周一時間です。車窓の景色といっても、限られています。何か、おかしなことがあったのなら、誰かが見つけているはずだと思うんですが」

「私は、こう考えてみたんだ。現在までに、情報は、電話、手紙、合わせて七十五が届いている。その七十五について、乗客がどこで乗り、どこで降りたかを図にしてみた」

と、十津川はいい、その図も黒板に貼った。

「見てのとおり、山手線の全行程をカバーしている。つまり、この七十五人は、山手線の端から端までを見たことになる。だが、われわれの考えるような事件の匂いを、嗅《か》ぎとっていないんだよ」

「なぜでしょうか？」

「午前五時から七時までの間ということにしたが、実際には、午前六時前後だ。つまり、まだラッシュアワーにはなっていない時間なんだよ。通勤や通学の人たちはいつも決まった時間に同じ区間に乗る。毎日、同じ景色を見ているわけだよ。同じ景色を同じ時刻に見ているんだ。それなら、少しでも、いつもと違っていれば、すぐ気がつくはずだ。ところが、午前六時頃というと、そうした通勤、通学客というのは、ほとんどいない。二十三日の朝だけ、何かの用で乗ったという人が大半なんだ。今度の投書や電話でも、それがわかった。とすると、何かがいつもと変わっていても、気がつかないんじゃないか。だから、気がつかない人は、電話して来ないよ。投書もして来ないし」

「それは、ありますね」

「この時刻に、いつも山手線に乗っている人間というのは、いないものかな？」

と、十津川はいった。

「午前六時頃ですか？」

「そうだよ」

「あまり、いないでしょうね。考えられるのは、山手線の運転士や車掌ですが」

「しかし、彼らだって、いつも同じ時刻の電車に乗るとは、限らないだろう？」

「それは、そうですね。それに、運転士は、前方しか見ていないでしょうし、車掌が、山手線の外側の景色を見ているとは、限りませんね。見あきているから、考えごとをしているかもしれないし、車掌としての仕事があるわけですから、ずっと外の景色を見ているわけにもいかないでしょう」

「誰かいないかね。この時刻に、いつも山手線に乗る人が」

と、十津川はいった。

「また、新聞で、呼びかけてもらいますか？」

西本がいった。

「それが、一番、有効かもしれないな。ただ、用心しないと、名乗り出てくれた人が狙《ねら》われる危険もあるね」

と、十津川はいったが、すぐ、

「それよりも、われわれが期待するような人が、いるかどうか、わからないな」

と、言葉を続けた。

18

十津川は、改めて、新聞記者たちに集まってもらった。

「もう一度、新聞で、呼びかけてもらいたいんです」

と、十津川は、記者たちにいった。

毎日午前六時頃、山手線のある区間を乗っている人は、警察に連絡してくれるようにである。

記者たちは、十津川のいうことをメモしていたが、その中の一人が、

「われわれは、喜んで協力しますがね。警察も、われわれに協力して欲しいですね」

と、いった。

「マスコミには、いつも協力しているつもりですがね」

「亀井刑事が東北へ行ってましたね。会津若松で見たという情報もあるんですが、あれは、何を調べに行っていたんですか？」

と、その記者がきく。

十津川と亀井は、思わず顔を見合わせた。

どう答えたらいいかわからずに、十津川が黙っていると、他の記者が、

「警察は、今、重要容疑者として、マークしている人間が、いるんじゃありませんか？　多摩川で殺されていた北村友美のつき合っていた男です。名前がわかっているのなら、教えて下さいよ」

「その男の写真があったら、ぜひ見せてもらいたいですね」

という記者もいた。

「われわれに、協力を要請するんなら、そのくらいのことは、教えて欲しいなあ」

と、もう一人の記者がいった。

「わかりました」

と、十津川は、次々に質問を続けようとする記者たちを手で制して、

「一人の男をマークしていることは、事実です。しかし、今は、名前をいえません。まったく証拠というものが、ありませんからね」

「会津若松と関係のある男ですか？」

「直接の関係はありません。というより、この男のことは、まだよくわかっていないんですよ」

と、十津川はいった。

とにかく、証拠が見つかり次第、この男のことは、記者たちに説明するということで、了解してもらった。

翌日の朝刊に、二度目の読者への呼びかけが載った。

十津川の期待は、半々だった。

そんな都合のいい人がいるだろうかという思いもあったからである。

午前六時という早い時間に、毎日、山手線を利用する人間がいるのだろうか？　もし、いるとしたら、どんな仕事をしているのか。

危惧《きぐ》のほうが適中したのか、一日、二日とたっても、新聞社にも警察にも、こちらが期待する電話は、かかって来なかった。

もちろん、その間、十津川たちが、手をこまねいて、何もしなかったわけではない。必死になって、大川悠の行方を追っていたし、香月修と北村友美が殺された現場周辺での聞き込みも、続けられた。

特に北村友美の事件では、多摩川沿いの聞き込みを、徹底的に行なった。

大川悠については、新しい似顔絵が作られたので、それを使っての聞き込みも行なわれた。

「何よりも知りたいのは、二十三日の早朝、大川悠が、いったい何をやったのかということなんだ」

と、十津川は、いらいらしながら亀井にいった。

だが、なかなか、大川についての情報は集まらなかった。

たいていの人間は、どこの生まれで、どこの大学を出て、どこの会社で働いていたかわかるものなのだが、ときには、この大川のように、過去がいっこうに見えて来ない人間がいるのである。

それだけ、まともな人生を送って来なかったのだろうし、嘘で固めた人生だったということになるのかもしれない。

そんな大川について、やっと一人、彼を知る人間が現われた。

水野寛《みずのひろし》という、この男自体、得体の知れないところがあるのだが、前に大川を使っていたことがあるというのである。

水野興業という会社の社長をしている水野は、詐欺《さぎ》で二回捕まったことがあるが、目立ちたがりな面もあって、十津川が会うと、大川のことを、ペラペラ喋ってくれた。

「大川というのは、便利屋みたいなところがあってね。それで使ったことがあるんだ。頭も切れたね。ただ、やたらと大きなことをいうし、手くせが悪いんで、馘《くび》にしたんだよ。あの男が何かやらかしたのかね？」

「どんな感じの男でした？」

と、十津川はきいた。

「いつも、にこにこしてるんだが、冷たいところもあるし、まあ、信用が置けない感じがしたね」

「最後に会ったのは、いつですか？」

「馘にしたときかな。いや、そのあとで会ったよ。先月だったな」

「そのとき、何か話をしましたか？」

「実は、奴が辞めたあとで、会社の金を五十万ばかり、猫ババしていたのを見つけたんでね。この野郎と思ってたから、そのとき、返さないと訴えるぞって、脅したんだ。そしたら、近く大金が入ってくる予定だから、待ってくれ。五十万円を、百万にでも二百万にでもして返すと、いってたね」

「それを、信じたんですか？」

「いや、いつものホラだろうって、いってやったよ。そしたら、奴は、ニヤッと笑って、ちゃんと目鼻はついてるんだっていったよ。その笑い方は、何となく自信ありげだったねえ。今になりゃあ、やっぱりでたらめだったんだと思うがね。それとも、何かで儲けたが、いざとなったら、惜しくなったのかわからないがね」

「何をして儲けるかは、いわなかったんですか？」

「いわなかったね。ただ、命を賭《か》けてやるみたいなことをいってたなあ。とにかく、危ないことを、考えてるなとは思ったね」

「山手線のことを、何かいっていませんでしたか？」

「山手線？」

「そうです。山手線です」

「何にも、いってなかったよ」

「それでは、前に、彼が山手線について、何かいってたということはありませんか？」

「そうねえ」

と、水野は、ちょっと考えていたが、

「そういやあ、妙なことがあったねえ。いつだったか、会社を無断で休んだんで、どうしたんだといったら、奴が変なことをいいやがった。何でも、山手線に乗って、一日中ぐるぐる廻っていたっていうんだ。妙な奴だなと、あのときは思ったねえ」

19

これで、大川が、山手線に興味を持っていたことはわかった。問題は、それが、どう、何かの犯罪に関係したかである。

それがわからないと、解決の手掛かりがつかめない。

また、壁にぶつかってしまうのではないかと、考えていたとき、捜査本部に電話が入った。

「新聞で見たんですけど」

と、中年の女の声が遠慮がちにいった。

「いつも、朝早く、山手線に乗っている方ですか？」

と、十津川がきいた。

「いえ、私じゃないんです。ふみさんという人のことなんですよ。日曜は休みますけど、毎日、朝早く山手線に乗ってる人なんです。上野から巣鴨《すがも》までですけど」

「午前六時頃ですか？」

「ええ。上野発六時一二分の電車に乗るんですよ」

「必ず、その電車に乗るんですか？」

「ええ」

「何をしている人ですか？」

「千葉《ちば》から、毎日、野菜を持って来てくれる行商《ぎょうしょう》のおばさんですよ。もう三十年近く、来てますよ」

「その間、いつも同じ電車に乗っているんですかね？」

「ええ。毎日、同じ時間に来てくれていますよ」

と、相手はいった。

十津川は、送話口を押えて、亀井に、

「会ってみるかね？　上野―巣鴨間だけを乗っている人だが」

「会ってみましょう」

と、亀井がいった。

その行商のおばさんが、明日の朝も来るというので、十津川は、亀井と巣鴨に行ってみることにした。

翌朝、山手線の巣鴨駅に、相手が迎えに来てくれていた。

巣鴨に、長く住んでいる青木《あおき》ゆみ子という四十九歳の奥さんである。

毎朝、千葉から、田中《たなか》ふみという行商の人が持って来てくれる新鮮な野菜を買っているのだという。

巣鴨駅の周辺に、ふみは、何軒かのお得意があるということだった。長いつき合いのお得意である。

ゆみ子の言ったとおり、六時二三分に着いた山手線で、大きな荷物を背負った田中ふみが、おりて来た。

小柄な、六十八歳のお婆ちゃんだった。

自分の背丈より大きな荷物を背負って、前屈《まえかが》みに改札を出てくる。

刑事の十津川たちが待っていたことに、びっくりした様子だったが、荷物を道端に下ろして、質問に答えてくれた。

ふみは、三十年前から、行商を始めたという。

「毎日、同じ電車に乗るんですよ。安食《あじき》から上野行きの始発に乗ると、上野に六時〇三分に着くんです。乗りかえに時間がかかるから、上野からの山手線には、六時一二分の電車に乗ることになるんです」

安食を出る成田線の始発は、午前四時五八分だと、ふみはいった。

毎日、決まって、他の仲間とこの電車に乗る。

「上野からは、内廻りの山手線に乗るわけですね？」

と、十津川がきいた。

「内廻りかどうかは知りませんけど、池袋、新宿方面行きに乗るんです。乗る車両も、いつも決まっていますよ。前から五両目。乗りかえの階段をおりてくると、ちょうど五両目になるんです」

「なるほど」

「それから、中に入って、荷物を下ろしてから、腰をかける席もいつも同じなんですよ。早い時間だから、たいてい同じところが、空いてますね」

「どちら側に向いて、腰を下ろしているわけですか？」

と、十津川がきくと、ふみは、首をかしげて、

「どっちといわれても。ただ、いつものとおり、電車が来て、ドアが開いて、入って行って座るだけですから」

と、いった。

毎日、同じことを繰り返しているが、改まってきかれると、わからなくなってしまうのだろう。

「明日も、またここへ来ますか？」

「ええ。お得意さまが、あたしを待ってくれていますからね」

ふみは、屈託のない顔でいった。

「時間も、同じですね？」

「ええ、そうですよ」

「では、明日、われわれも一緒に山手線に乗ります」

と、十津川はいった。

翌日、十津川と亀井は、早朝の上野駅に向かった。

午前六時ちょうどに、山手線のホームに入って、ふみが来るのを待った。

六時八分に、ふみは、大きな荷物を担《かつ》いで、跨線橋《こせんきょう》から、階段をおりて来た。

「お早よう」

と、十津川のほうから声をかけた。

「ああ、お早ようございます」

と、ふみも笑顔であいさつした。

六時一一分に、内廻りの山手線が入って来た。ふみが身体をゆすって、荷物を背負い直して、ゆっくりと開いたドアから車内に入って行った。

十津川と亀井も、続いて乗り込んだ。

彼女のいうように、この時間では、車内はすいている。

ふみは、ドアの近くの座席に、まず荷物をおろし、その横にちょこんと腰を下ろすと、身体を横にして、窓の外を見た。

「いつも、そうやって、外を見るんですか?」

と、十津川がきいた。

「ええ。楽しいですからね」

ふみが微笑した。

そうやって、眺めている車窓の景色は、まぎれもなく山手線の外側の景色だった。

20

その日、ふみの行商が終わるのを待って、捜査本部に来てもらった。

西本の撮ったビデオテープを、見てもらうためである。

上野から巣鴨までの区間を、ふみに見せた。

「ああ、あのビル」とか、「あの広告は、よく見るんですよ」と、小声でいいながら、ふみは熱心に見ていた。

見終わると、十津川は、

「ふみさんは、いつもこの景色を見ていらっしゃるんでしょう?」

「ええ、毎日ですよ。少しずつ変わりましたけどね」

「七月二十三日も、山手線に乗りましたね?」

「ええ。日曜でなければ、休みませんから、乗りましたよ」

「そのときのことを、思い出してほしいんです。何か、いつもと違ったものを、見ませんでしたか? 何か、気になったことでもいいんです」

と、十津川はいった。

期待はしたが、何といっても、上野から巣鴨だけの区間である。一周三四・五キロの中の五・八キロである。

「いつもと違う……ですか――」

と、ふみは、考えていたが、

「ちょっと楽しいものを見ましたよ。確か二十三日でしたねえ」

「楽しいですか?」

と、十津川は、拍子《ひょうし》抜《ぬ》けしながらも、

「どんなことですか?」

「西日暮里《にしにっぽり》を出てすぐ、新しいマンションが見えるんですよ。ちょうど三階あたりが、眼の高さなんです」

「ええ」

「部屋代が高いのか、住む人がなかなかいないとみえて、いつも窓が閉まっていて、若い人がいない感じだったんですけど、二十三日は、珍しく角の部屋の窓が開いて、お母さんが可愛い女の子を抱いて、電車に向かって手を振っていたんです。女の子にも手を振らせていましたよ。それで、あたしも、思わず手を振ってしまいましたけどね」

「次の日はどうでした？」

と、十津川が、きいた。

「それが、二十三日だけでしたねえ。後《あと》は、ずっと窓が閉まって、人の気配なんかないんですよ」

と、ふみがいった。

十津川の表情が動いた。ひょっとするという気になったのだ。

「もう一度、ビデオを見せますから、そのマンションが映ったら、いって下さい」

と、十津川はいった。

また、ビデオを映した。西日暮里から先は、齣《こま》送りにした。

「あ、このマンション！」

と、ふみが大声を出した。十津川がビデオを止めた。

白いマンションが映っている。真新しいマンションである。

線路から近い。部屋代が高くて、借り手がいないのか、「空部屋あります」という大きな看板が出ていた。

「この部屋ですよ」

と、ふみが三階の端の部屋を指した。

窓は閉まっている。が、人の住んでいる気配はない。

ベランダには、何も置かれていないし、窓にカーテンもかかっていないのだ。

「二十三日は、窓ガラスが開いていて、女の子を抱いた母親が、電車に向かって手を振っていたんですね？」

と、十津川がきいた。

「子供にも、手を振らせていましたよ。きっと、お父さんが電車に乗っていたのかもしれませんねえ」

「二十三日一日だけなんですね？」

「ええ」

「調べてみよう。カメさん」

と、十津川は、亀井に声をかけた。

21

十津川と亀井は、山手線に乗って、西日暮里に行った。

両隣りの田端《たばた》と日暮里は、低いところに駅があるが、この西日暮里は、両側からのぼってくる頂点のところにある。

二人は、駅を出ると、問題のマンションに歩いて行った。

マンションの入口のところにも、「空部屋あります」の大きな看板が立ててあった。

一階に管理人室があったので、十津川と亀井は、警察手帳を見せた。

「空部屋が、ずいぶんあるようですね？」

と、十津川がきくと、管理人は、

「ちょっと、高過ぎるんですよ。普通のサラリーマンじゃ、借りられませんからね」

「三階の角の部屋ですが、誰か借りていますか？」

と、きくと、変な顔をして、

「いえ。三階は、一つも埋まっていませんよ」

「七月二十三日の朝、あの部屋で、若い母親が女の子を抱いて、電車に向かって手を振っていたというんですがね」

「そんなことは、考えられませんよ。ずっと空部屋ですから」

「他の階に、それらしい母娘《おやこ》はいますか?」

「いや、いませんね。いくつか部屋は埋まっていますが、子供連れという人は、いませんから」

「それ、間違いありませんか?」

「ええ、間違いないですよ」

「管理人さんは、ここへ泊まり込みですか?」

と、亀井がきいた。

「いや、毎日、午前十時から、午後五時までしかいません」

「すると、午前六時頃には、いないわけですね?」

「ええ。どこかの部屋に、泥棒でも入ったんですか?」

管理人は、心配そうにきいた。

「いや、入ったとしても、空部屋です」

と、十津川はいった。

二人は、管理人と一緒に、三階の角部屋へあがって行った。

なるほど、空部屋である。管理人は、用意して来たキーを差し込んでから、

「おかしいな」

と、呟いた。

「どうしたんです？」

「いえね。妙に、ゆるくなってるみたいで――」

と、いいながら、ドアを開けてくれた。

2DKといっても、四〇平方メートルほどの狭い部屋だった。

四畳半と六畳がタテにつながっていて、奥の六畳がベランダに面している。

窓ガラスを開けると、近くに、山手線が走っているのが見えた。

「ここに誰か入りましたか？」

と、十津川がきいた。

「どうしてです？」

「ここに、スーパーの袋が落ちていますよ」

と、十津川は、店名の入ったポリ袋を、管理人に見せた。

「おかしいですね。誰も入っていないはずなんですが」

「菓子パンの残りと空《から》の牛乳パックが、入っていますよ」

「そうですねえ。変だな」

「このスーパーは、この近くですか？」

「ええ。百メートルほど先にある二十四時間営業の店ですが――」

「カメさん、この牛乳パックの日附を見て」

と、十津川は、空のパックを亀井に渡した。

「七月二十二日ですね」

「ああ。二十三日の早朝に買ったとすると、二十二日の分を買うことになるんじゃないかな」

「すると、やはり、あの行商のおばさんが、この部屋にいる母娘を見たことになりますね。二十三日の朝に」

「ただの母娘じゃないいね」

と、十津川はいった。

「母親は、北村友美とお考えですか？」

亀井がきいた。

十津川は、部屋を出て、マンションの外に出てから、

「その可能性があると思っているんだ」

「彼女には、子供はいないはずですよ」

「ああ、わかってる。だから、他人の子供だろう?」

「ということは――」

「考えられるのは、誘拐だね」

「警部も、そう思われますか?」

「大川は、何とかして、大金を手に入れようと考えていた。そして、金になりそうな事件のスクラップを作って、研究していた形跡がある。この二つを考えれば誘拐だな」

「大川が北村友美と組んで、子供を誘拐したわけですね」

「その人質が、抱かれていた女の子じゃないかな。ただ、この事件は表沙汰《おもてざた》にならなかったんだ。被害者が警察に届けなかったんだよ」

二人は、立ち止まった。

二十四時間営業のスーパーの前に来ていた。

十津川たちは、入って行き、店番をしていた、二十五、六歳の男と二十歳ぐらいの女に、

「七月二十三日の朝早く、女の子を抱いた若い女が、菓子パンと牛乳パックを買って行ったはずなんだが、覚えていないかね？」

と、きいた。

二人は、顔を見合わせていたが、女店員のほうが、

「二十三日の早朝ですか？」

「そうだよ。女のほうは、この女だったと思うんだが」

と、十津川は、北村友美の写真を見せた。

「思い出したわ。変な親子だったわ」

と、女店員は、眼を大きくしていった。

「どこが変だったのかね？」

「女の子は、三歳ぐらいだったんですけど、一緒に来た女の人のことを、おばさんって、いってたんですよ。女の人は、自分の子供みたいに、ユキちゃんって呼んでるのに」

「ユキちゃんと、呼んだんだね？」

「ええ。あたしもユキだから、同じ名前だなと思ったんです」

「女は、この写真の女に間違いないかね？」

「よく似てますけど」

「他に、何か覚えていることはないかね？」

「どんなことですか？」

「何でもいいんだが、特に、女の子のほうを、何か覚えていないかね？」

「あの子、お金持ちの子だと思ったわ」

「なぜだね？」

「着てるものが、高そうだったし、女の人に向かって、『車が迎えに来てないの？』なんて、いってたんです」

「姓のほうは、わからないかね？　何ユキというのか」

「確か、靴に名前が書いてあったんじゃないかな」

　と、男の店員が女店員にささやいた。

「そういえば、書いてあったと思うけど、思い出せないわ」

「おれ、コイケって、書いてあったような気がするんだけどな？」

「コイケ？　そうだったかしら」

「コイケだよ」

と、男の店員は、自信のあるいい方をした。

「コイケユキだね？」

と、十津川が口を挟んだ。

（多分、小池ユキと書くのだろう）

22

小池ユキ。三歳くらい。

もし、誘拐事件なら、この子が人質だったに違いない。

十津川と亀井は、捜査本部に戻った。

「まず、東京の人間とみて、当たってみよう」

と、十津川は、部下の刑事たちにいった。

電話帳を取り出し、「コイケ」姓の相手に、片っ端から掛けてみることにした。

相手が出たら、「コイケユキさんをお願いします」という。

もし、相手が「いますが、まだ子供ですよ」といったら、マークするのだ。

ユキという名前の娘は、意外に多いとみえて、「コイケユキ」は、二十一人いた。

だが、そのうち、子供だといわれたのは、二人である。この二人を調べてみた。

一人は、世田谷区内のマンションに住む二十代の若い夫婦の一人娘で、二歳の女の子だった。

もう一人は、大田区田園調布《でんえんちょうふ》に住む若夫婦の娘で、三歳だった。

こちらは、小池産業という中堅の商事会社の副社長で、三十歳の夫と二十五歳の妻である。

父親が社長で、広大な邸に同居していた。

「本命は、こっちだね」

と、十津川は、亀井にいった。

次の日曜日に、十津川と亀井は、当たって砕《くだ》けろで、小池邸を訪問した。

若夫婦のほうは、小池宏《ひろし》とまゆみという名前である。

中庭に面した応接室に通された。

庭の木蔭で、可愛らしい女の子が、お手伝いの女性と遊んでいるのが見えた。

小池宏が、緊張した顔で出て来た。

「何かご用でしょうか？」

と、小池がきいた。

「単刀直入に伺いますので、正直に答えて頂きたいのです」

十津川は、相手の顔をまっすぐに見つめた。

「僕の知っていることなら、お答えしますが」

「あそこで遊んでいるのは、ユキちゃんですね？」

「そうです」

「七月二十三日、いや、前日として、二十二日に、ユキちゃんが誘拐されませんでしたか？」

十津川が、ずばりときくと、一瞬、小池の顔色が変わった。

「何のことか、わかりませんが」

「わかっているはずですよ。あのユキちゃんが誘拐されて、身代金を払われたんじゃありませんか？　別に警察に連絡されなかったことを、咎《とが》めているわけじゃありません。ただそれが、今になって、新しい事件を誘発しているのです。われわれとしては、犯人を逮捕したいのですよ」

「何のことか、わかりませんが」

「二人も、殺されているんですがね」

と、十津川はいった。

お茶を運んで来た妻のまゆみが、びくっとしたように身体をこわばらせた。

「このままでは、また事件が起きます」

と、脅かすように、亀井がいった。

「あなた――」

と、まゆみが小池を見た。

「二人も殺されたというのは、本当なんですか？」

小池が、きいた。

「本当です。一人は、完全に巻き添えで、殺されたんです」

と、十津川はいった。

しばらく、沈黙があった。

「わかりました。お話しします」

と、小池がいった。

「二十二日に、家内がいつものように、車で幼稚園にユキを迎えに行ったんですが、先に迎えに来た車で帰したといわれたんです。すぐ電話が掛かって来ました」

小池が、青い顔で話した。

「男の声でしたか?」

「そうです。警察に知らせたら、ユキを殺すといわれました。それに怯《おび》えてしまって、僕と家内は、警察に連絡しませんでした」

「それで、身代金は、いくら払われたんですか?」

「五千万円です」

「その受け渡しは、どうやって行なわれたんですか?」

「犯人は、二十三日の午前五時半に、五千万円を持って、新宿から内廻りの山手線に、乗れといいました。そして、進行方向の右側の窓をじっと見ていろといいました。どこかで、娘のユキの無事な姿を見せる。そうしたら、五千万を渡せというわけです」

「そして、西日暮里の先のマンションで、女に抱かれた娘さんを見たわけですね?」

と、十津川がいうと、小池は、びっくりした顔で、

「なぜ、知っているんですか?」

「われわれも捜査していますからね。それで、五千万円を誰に渡したんですか?」

「娘の顔を見た直後、男が車内で声をかけて来たんです。すぐ渡せば、娘を返すといってです。電話の声と同じだったので、五千万円渡しました」

「そして、娘さんは帰って来たわけですね?」

「そうです。警察にいったら、また誘拐すると、脅されまして――」

「それで、黙っていたというわけですか？」

「ええ。申しわけなかったんですが、どうしても、怖くて」

「わかりますよ」

と、十津川は、肯いてから、

「あなたは、犯人と、山手線の車内で、顔を合わせたんですね？」

「ええ。五千万円を渡しました」

「すると、男の顔を覚えていますね？」

「ええ。一応は」

「では、モンタージュを作るのを手伝って下さい」

と、十津川はいった。

絵の上手な刑事を呼び、小池の証言に従って、犯人の顔を、描き出していった。

それが、大川悠なら文句はないのだ。

二時間で、モンタージュが出来あがった。

それを見て、十津川と亀井は、思わず顔を見合わせてしまった。

大川悠の似顔絵と、あまりにも違っていたからである。

「本当にこの男ですか？」

と、十津川はきいた。

「そうです。この顔の男でした」

「女も見ましたね？」

「ええ。しかし、動く山手線の車内から見たんですし、どうしても、ユキのほうに眼がいってしまっていましたから、はっきりは見ていないんです」

「それでも、何とか、モンタージュを作るのを手伝って下さい」

と、十津川はいった。

更に二時間余りかかって、女のモンタージュも出来あがった。

今度は、北村友美とそっくりな似顔絵だった。これで、マンションの窓を開け、人質の小池ユキを抱いていた女は、北村友美に決まった。

「どういうことなんですかね？」

亀井は、小池邸の外に出てから、十津川にきいた。

「モンタージュのことかね？」

「そうです。大川悠以外にも、共犯者がいるということでしょうか？」

「そうかもしれないが――」

十津川は、あいまいな調子でいった。

「北村友美のほうは、小池の証言で、犯人の一人とわかりましたが——」

「男のほうが問題だな」

23

十津川は、小池の卒業した大学へ出かけて行った。

事務局で、小池と一緒に卒業した同期生の名簿を貰《もら》って来た。

亀井が、不思議そうな顔をして、

「何をなさるんですか？」

「ここに書いてある男たちについて、調べてみるのさ」

と、十津川は笑った。

「小池の同期生の中に、犯人がいるとお考えなんですか？」

「そうだよ」

と、十津川は笑った。

「しかし、それなら小池は、犯人の名前もわかっているはずですが」

「とにかく、片っ端から、この名簿の連中に会ってみようじゃないか」

と、十津川はいった。

十津川と亀井は、一人ずつ会うことになった。

当然だが、全員、小池と同じ年齢で、その多くがサラリーマンになっていた。大会社の係長になっているエリートもいれば、小さな会社でくすぶっている男もいた。

十津川は、彼らに会うと、小池の証言で作った犯人のモンタージュを見せた。

「この男に、心当たりは、ありませんか？」

と、きく。

知らないという返事もあったが、三人目で、

「これは、今西《いまにし》ですよ。今西昭《あきら》だ。間違いありませんよ」

という答えが戻って来た。

「その今西昭という人は、今、何をしているか知っていますか？」

「さあ、小池が親しかったから、彼にきいたらわかるかもしれませんよ。小池は――」

「知っています。小池さん以外に、今西さんと親しかった人を知りませんか？」

「そうですねえ、山内《やまうち》かなあ」

「その山内さんは、この名簿と同じ住所に、住んでいますかね？」

「いや、今年の年賀状の住所は、違っていましたね」

と、相手は、その年賀状を見せてくれた。

十津川は、その住所を手帳に写しとった。

「どうも、警部の考えておられることが、わかりませんね」

と、亀井がいった。

「どこがだね？」

「もし、今西昭という男が怪しいのなら、直接、その男を訪ねたらいかがですか？」

「いや、それは、駄目なんだ」

と、十津川はいい、山内という男を四谷のマンションに訪ねた。

山内は、勤め先から帰っていたが、突然の刑事の訪問にびっくりした顔で、

「何のご用ですか？」

と、きいた。

十津川は、またモンタージュを見せて、

「これは、あなたの友人の今西昭という人に、似ていますか？」

「ああ、そういえば、よく似ていますよ」

「今西さんというのは、どういう人ですか？」

「人間はいいんだが、大酒呑みでね。それで、肝臓を悪くして、亡くなりました。もっと身体を大事にしろと、忠告していたんですがね」

「亡くなったんですか？」

「ええ。一カ月前です。葬式に行って来ましたよ。両親がなげいていましたね。これからというときに、亡くなってしまうんだから、当たり前ですが」

「小池さんも、その葬式に参列しましたか？」

「ええ。彼も、もちろん出ましたよ。僕よりも、今西と親しかったんだから。彼のことを知りたいんなら、僕より小池にきいたほうがいいですよ」

「それなら、小池さんにきいてみましょう」

十津川は、にっこりした。

十津川と亀井は、山内に礼をいって、外へ出た。

「警部は、嬉しそうですね」

と、亀井がいった。

「予想が、当たったんでね」

と、十津川は微笑した。

「どんなふうにですか？」

「犯人のモンタージュだがね。小池は、嘘をついているなと、思ったんだよ。大川悠の他に男の犯人がいるとは、考えられなかったんだ」

「しかし、小池は、モンタージュ作りに協力しましたが」

「そこさ。小池は、大川ではない別の犯人がいるように、われわれに思わせたのではないのかと、思ってね。しかし、まったく架空の顔を考えるのは、難しい。そこで、小池は、誰かの顔を思い浮かべながら、モンタージュ作りに、協力したんじゃないかと、考えたのさ。普通は、大川とまったく反対の顔をいうものだ。大川が丸顔なら、細面《ほそおもて》だといい、眉が太ければ、細いとね。だが、それでは、極端すぎて、われわれに感づかれると、思ったんだろう。出来あがったモンタージュは、大川と反対の顔でもなかった。そこで、小池は、友人の誰かの顔をいったのではないかと、考えたんだよ」

　と、十津川はいった。

「それで、小池の大学時代の友人に、当たってみたんですね」

「私の想像は、当たっていたようだ。ただ、小池としては、無実の友人を犯人の顔にしてしまうわけだから、相手に知られたら、困るのではないかと思った。その点は、どう処理する気なのだろうとね」

「問題の男は、一カ月前に病死していましたね」

「そうなんだ。これなら、相手は文句をいって来ないし、犯人にされたとき、アリバイがある。事件のときには、すでに死亡していたというね」

「なるほど」

と、亀井は、肯いてから、

「それにしても、小池は、なぜこんな嘘をついたんでしょうか？」

「犯人の大川悠に、何か弱みを握られているんだと思うね。だから、娘を誘拐され、身代金を取られたのに、警察に黙っていたんだと思うよ」

と、十津川はいった。

「どうします？」

「もう一度、小池に、会うことにしようじゃないか」

と、十津川はいった。

二人は、田園調布の小池邸を、もう一度、訪ねた。

「事件は、解決しそうですか？」

小池は、探るように、十津川を見てきいた。

「犯人は、逮捕しましたよ」

と、十津川はあっさりといった。

「本当ですか？」

「ええ、小池さんのおかげで作ったモンタージュが、役に立ちました」

十津川は、それを小池の前に置いた。

「どんな男だったんですか？」

「名前は、今西昭です。年齢三十歳」

「今西――？」

「そうですよ。今西昭です。これは偶然かもしれませんが、あなたと同じ大学を出ています」

十津川は、意地悪くいった。

小池の顔色が変わった。

「小池さん。困りますね。一カ月前に亡くなった友だちの顔を犯人にしては」

と、十津川はいった。

小池は、黙っている。が、視線は下に落ちていた。

「われわれは、本当の犯人の名前を知っているんですよ。大川悠。これが、犯人の名前です」

「知っているのなら、なぜ、きいたんですか？」

「あなたの証言が、必要だったからですよ」

「――」

「大川悠の共犯も、北村友美とわかっていました。クラブのホステスだった女です。彼女については、あなたの証言で作ったモンタージュがぴったりでした。それなのに、肝心の主犯を、あなたがわざと間違えたのは、なぜなんですか？」

「――」

「小池さん。すでに二人の人間が、殺されているんですよ」

と、十津川がいうと、小池は、

「ええ。仲間割れで殺されているのなら、構わないだろうと、思っていたんですが」

「前に香月修という男が、殺されています。普通のサラリーマンで、結婚する相手もいました。優しい男で、誰にも恨まれるはずのない男です。それが殺されました。彼は、死ぬ瞬間まで、自分がなぜ殺されるのか、わからなかったと思いますね」

「殺したのは――」

「大川悠です」

「しかし、なぜ、殺されたんですか？　その香月という人は」

「二十三日の朝、仕事で山手線に乗り、窓の外の景色を写真に撮った。ただそれだけのために、彼は、殺されてしまったんですよ。誘拐の証拠写真が、撮られてしまったんじゃないかと、大川が思ってですよ」

「――」

「また、沈黙ですか。あなたが証言してくれないと、殺人犯の大川を逮捕できないんですよ。大川に動機がなくなってしまいますからね」

「――」

「どうしても、大川悠が犯人といってくれないんですか？」

「犯人は、他にいますよ」

小池は、眼をそらせて、そういった。

24

十津川と亀井は、疲れて、捜査本部に戻った。

「これから、どうしますか？」

と、亀井がきいた。

「どうするかね」

「記者会見で、誘拐事件のことを報道させたら、どうでしょうか？　小池の名前も、殺された香月修と北村友美の名前も出してです。そうすれば、小池も仕方なく、大川が犯人だったと、証言するんじゃありませんか？」

「小池が証言しなかったら、どうしようもないよ。小池の娘が誘拐されたことを証明できるのは、親と犯人しかいないわけだからね」

「それでは、このまま見逃すんですか？」

「とんでもない。殺人を見逃せるかね」

「しかし、小池は、証言しそうにありませんよ」

「しばらく、小池を監視しよう」

と、十津川はいった。

「監視すれば、何とかなりますか？」

「犯人の大川の立場になって、考えてみたんだよ。誘拐は上手《うま》くいって、五千万円をせしめた。共犯の北村友美を殺して、口を封じたし、写真を撮った香月を殺して、フィルムも手に入れた。何よりもいいのは、小池が黙っているので、事件が公《おおやけ》にならないことだ」

「それは、そうですね」

「大川は、大ボラ吹きで、いつも金を欲しがっている男だ。五千万円は、まんまとせしめたが、それで満足するだろうか？　しかも、五千万円を奪ったのに、被害者の小池は黙っている。味を占めて、また小池を脅迫するんじゃあるまいか」

「その可能性はありますね」

「誘拐事件がマスコミに報道されなければ、大川は、図に乗って、また必ず小池をゆする。小池は、大川にとって、金の卵を生む鶏《にわとり》みたいなものだからね」

「五千万円を、使い切ってからということは、ありませんか？」

「そんな殊勝《しゅしょう》な男なら、誘拐や殺人はやらんさ。五千万円が手に入れば、次に一億円を欲しがる男だよ」

と、十津川は、自信を持っていった。

十津川は、自分も入れて、二人ずつのコンビを四組作り、交代で、田園調布の小池邸を監視することにした。

もう一つ小池の取引銀行にも話をつけて、小池が大金を現金で引き出したときには、すぐ連絡してくれるようにいっておいた。

一週間後に、それが功を奏した。

小池が使っているM銀行の田園調布支店から、十津川に電話が掛かった。

「明日の午後一時に、現金で一億円持って来るように、小池さんにいわれました」

と、支店長がいう。

「一億円ですか」

「持って行って、構いませんか？」

「どうぞ持って行って下さい。ただし、私に話したことは、内緒です。それが、小池さんのためですからね」

「そうあって、欲しいと思いますよ。何しろ、小池さんは、お祖父さんの代からのおつき合いですから」

支店長は、心配そうにいった。

翌日、十津川は、若い刑事二人の他に自分と亀井も入れて、四人で午後から小池邸の監視に当たることにした。

午後一時に、M銀行の支店長が、もう一人の行員と小池邸に車でやって来た。一億円の現金を届けたのだ。

「いよいよ、始まるぞ」

と、十津川はいった。

行員たちが帰って、三十分ほどして、小池の運転するベンツが小池邸を出て来た。

それを、二台の覆面パトカーで尾行することになった。一台には、十津川と亀井。もう一台は、若い西本と日下のコンビである。

ベンツは、わざとのようにゆっくり走っている。

ときどき小池が、運転しながら、自動車電話を使っているのが見えた。

「大川から、電話で指示が来ているんだろう」

と、十津川がいった。

小池のベンツは、急にスピードをあげたかと思うと、またシフトダウンして、低速になる。

「何をしているんですかね？」

運転しながら、亀井が呟いた。

「大川の指示さ。警察が尾行してないかどうか、見ているんだ」

「用心深い男ですね」

「前の誘拐は成功したが、二度目は、小池が警察に連絡したかもしれないと、疑っているんじゃないかな」

「ベンツは、同じところを廻っていますね」

「それも尾行の警戒だろう。同じナンバーの車が二台、いつも後を走っていたら疑われる。われわれは、ベンツの前に出よう」

と、十津川がいった。

亀井がスピードを上げ、ベンツを追い越した。

そのあと、バックミラーに小池の車を入れるようにして、亀井は走った。

小池のうしろにつけた西本と日下の車からは、無線電話で連絡が入って来る。

「また、小池が電話を取って、話しています」

と、西本がいった。

「大川からの新しい指示だろう」

と、十津川がいったとき、バックミラーから、急にベンツの姿が消えた。

「右に曲がって、二子玉川《ふたこたまがわ》方向に向かっています」

と、西本が、連絡してくる。

亀井が車をUターンさせ、西本たちの覆面パトカーを追った。

二子玉川の近くに、有料の大きな駐車場がある。

小池のベンツは、その駐車場へ入って行った。

十津川は、出入口近くに車を止めて、小池の様子をうかがった。

西本たちは、もう一つの出入口の傍に車をとめた。

小池は、大きな鞄を重そうに下げて、ベンツからおりて来た。

駐車場には、二十台くらいの車がとめてある。

小池は、その一台一台のナンバープレートを見て行ったが、白のブルーバードの傍に立ち止まり、運転席をのぞき込んだ。

ドアを開けて、中に入る。

キーが差し込んだままになっていたとみえて、ブルーバードはゆっくりと動き出して、駐車場を出て行った。

西本たちがすぐ追いかけた。

「われわれも、追いかけますか？」

「そうだな」

と、十津川は肯いた。が、亀井がアクセルを踏んでから、

「いや、待て！」

と、叫んだ。

「どうしたんですか？」

「これは、陽動作戦かもしれんよ」

「しかし、小池は、大きな鞄を下げて、ブルーバードに乗りました。大川が車を乗りかえるように、電話で指示したのかもしれませんよ」

「鞄は、最初から、二個、ベンツに積み込んであったのかもしれない」

「すると、大川は、一億円の入った鞄のほうは、ベンツに置いて、ブルーバードに乗りかえるように、指示したということですか」

と、亀井がいったとき、サングラスをかけた男が、駐車場に入って来た。

まっすぐに小池のベンツに近づき、運転席に乗り込んだ。

「大川だ！」

と、十津川が叫んだとたん、ベンツは急発進して、駐車場を飛び出した。

「この野郎！」

と、亀井が叫び、アクセルを踏みつけた。

タイヤをきしませて、十津川たちの乗った覆面パトカーも急発進した。

ベンツは、猛烈なスピードで走って行く。

十津川は、無線電話で、パトカーの出動を要請した。

前を行くベンツも、つけられたのに気付いたらしく、一層スピードをあげた。

急にパトカーのサイレンの音が聞こえた。

近くにいたパトカーが、駈けつけてくれたのだ。

大川は、前後からパトカーが来るのを見て、右にハンドルを切った。

スピードを出していたので、完全に曲がり切れず、角の喫茶店の壁をベンツの横腹が、激しく削り取っていく。

煙と火花が走った。

それでも、大川は、スピードを落とさなかった。

パトカーが、さらに一台、二台と、このカーチェイスに参加してきた。

そのサイレンの音に怯えたように、大川は、さらにスピードをあげていった。

「バカ者！　死ぬぞ！」

と、追跡しながら、十津川が叫んだ。

すでに逃げるベンツのスピードは、一五〇キロになっている。

「あッ」

と、亀井が叫んだ。

ベンツが、交叉点に入って来た大型トラックに激突した。

それを見て、亀井が急ブレーキを踏んだ。

轟音《ごうおん》が聞こえ、空気がゆれたような感じがした。

眼の前で、大川の運転するベンツが、十一トントラックの側面に食い込み、炎を噴きあげた。

十津川と亀井は、車から飛びおりて、ベンツに近づこうとした。が、猛烈な炎が二人を押し戻した。

25

消防車が駈けつけた。一台、二台。

消火剤の泡が、横転して燃えているトラックとベンツに降り注いだ。

炎が、少しずつ消えていった。

救急車も到着した。が、救急隊員は、手をこまねいて、見ているより仕方がなかった。

潰《つぶ》れて、燃えたベンツの中からは、黒焦げになった死体しか、出て来なかったからである。

トラックの運転手は、かすり傷を負っただけだった。

「死にましたね」

と、亀井が呟いた。

「ああ、死んだな」

「これで、小池は、ますます誘拐のことを話さなくなるんじゃありませんか？　犯人の大川まで、死んでしまったわけですから」

「そうは、させないよ」

「といっても、大川の住所もわかりませんが」

「いや、わかるよ。あの駐車場のことを思い出してみたまえ。大川が、現われたときのことだ。彼は、別に自転車に乗って来たわけでも、タクシーで来たわけでもない。近くに電車も走っていない」

「あの近くに、住んでいたということになりますね」

亀井が眼を光らせた。

「そう見て、あの周辺の聞き込みをやってみてくれ。必ず大川の住所がわかると思ってるよ」

と、十津川は断定した。

刑事が動員された。近くの派出所の警官にも、協力してもらった。

聞き込みが始まって五時間後に、近くのマンションに大川らしい男が、羽田《はねだ》の偽名で住んでいたことを突き止めた。

十津川と亀井も、そのマンションに急行した。

七階建ての新築の豪華マンションである。赤いタイルを貼りつけた壁に、金色でマンションの名前が彫りつけてあった。

2LDKの部屋代が二十万円。そこに、大川は、住んでいたのである。

十津川は、管理人に断わって、部屋に入った。

すべての調度品が、真新しかった。テレビも、応接セットも、電気冷蔵庫も、クーラーもである。

「例の五千万円の一部で買ったかな」

と、十津川は呟きながら、改めて部屋を見廻した。

十津川が見つけたいものは、ただ一つだった。大川悠と小池の関係である。娘を誘拐されたのに、犯人を指摘しようとしないだけでなく、さらに一億円を渡そうとした小池の秘密は、何なのかということである。

亀井にもそれをいい、二人で部屋の中を調べていった。

大川は、これからも、小池を脅迫する気だったろうから、摑《つか》んだ秘密は、大切に保存しているのではないか。

一時間近く、探し続けて、やっとそれらしいものを、十津川は、見つけ出した。

小さな手帳だった。それを、厳重に防水用のポリ袋で包み、トイレの水槽の中に沈めていたのである。

十津川は、それを何回も読み返してから、

「小池に会いに行こう」

と、亀井にいった。

26

十津川と亀井は、再び田園調布に小池を訪ねた。

「大川悠は、死にましたよ。あなたのベンツを暴走させ、大型トラックに激突してです」

と、十津川はいった。

しかし、小池は、首をかしげて、

「大川という人は、知りませんね。あなたは、前にもその名前をいわれましたが、私の記憶にはないんですよ」

「今日、あなたが、一億円を渡した相手ですよ。あなたは、ベンツに一億円をのせて、二子玉川近くの駐車場に行き、キーをつけたまま置いておき、それを大川に渡したんです。違いますか？」

「覚えがありませんね」

「では、これを見て下さい」

十津川は、何枚かの写真を、小池の前に並べていった。

ベンツを尾行しながら、あとで証拠になるものをと考えて、十津川が撮った写真だった。

小池の顔が、ゆがんだ。

「確かに、二子玉川の駐車場に車をとめましたが、大川とかいう男とは、関係ありませんよ」

「困りましたね」

と、十津川は、肩をすくめて、小池を見ていたが、

「大川は、焼死しましたが、あなたとの関係を書いた手帳を残していっているんですよ」

「――」

小池は、黙って、十津川が本当のことをいっているかどうか、盗み見るような眼をした。

十津川は、大川の部屋から持って来た手帳を、ゆっくりと取り出した。

「大川というのは、いつも金を欲しがっている男でしてね。何とかして、金儲けをしようと思っていたんです。サギまがいのことをやったり、勤めた会社の金を持ち逃げしたりしていましたが、なかなか思うような金が手に入らずに、いらだっていたんです。そんなとき、大川は、深夜自宅附近を歩いていて、ある事件を目撃したのですよ」

「――」

「夜おそくなったので、足早に帰宅しようとしていた二十五歳のOLを、男が襲ったんです。大川は、それを見て大声をあげました。男は、あわてて羽がいじめにしたOLを突き飛ばし、近くにとめてあった車に乗って、逃げました。大川は、その車がベンツだったこと、ナンバーが××××であることを覚えました。大川がなぜそこにいたのか？　実は、そのとき、大川は金に困っていて、そのOLのハンドバッグを奪ってやろうとして、つけていたんですよ」

「――」

「ベンツに乗った痴漢にとって、何とも不運だったというべきでしょうね。大川は、手帳に車のナンバーを書き留めました。いつか金儲けのタネになるのではないかと、思ったからです。もちろん、警察には、届けませんでした。翌日、大川は、金を持ち逃げした会社の社長に見つかって、強く返済を迫られました。何とかして、大金を手に入れたい。そこで考えたのが、誘拐です」

「――」

「大川は、田園調布や成城《せいじょう》などの高級住宅地を歩いて、金になりそうな人質を探したわけです。そして、眼をつけたのがあなたの娘ですよ。三歳のユキちゃんです。大川は、ホステスの北村友美と共謀して、ユキちゃんを誘拐しました」

「――」

小池は、じっと黙りこんでいる。

「大川は、そのときになって、あなたの車がベンツで、ナンバーがメモしておいたのと同じであることに、気がついたんですよ。大川は小躍《こおど》りしました。これなら、身代金を要求しても、相手は、警察に訴えられないだろうと思ったからです」

「――」

「あなたにとっては、不幸な偶然だったわけです。身代金の受け渡しについては、くわしくはいいません。あなた自身がよく知っておられることですからね。大川は、あなたを山手線に乗せ、窓の外にユキちゃんの無事な姿を見たら、五千万円を渡せと要求したんです。それにつけ加えて、あの夜の痴漢を覚えているると、あなたを脅したんでしょう」

「――――」

「あなたは、ぶるってしまった。立派な青年実業家が、実は、深夜、ベンツに乗って行っては、若い女に対して、痴漢行為を働いていたとわかったら、マスコミが飛びついてくるし、事業もうまくいかなくなると、あなたはふるえてしまったんです」

「――――」

「だから、あなたは、山手線の中で、大川に五千万円とられても、警察に届けなかった。ところが、そのために大川が香月修を殺すことになるんですよ。そして、大川は、共犯の北村友美も殺したんです。あなたが警察に話してくれていたら、大川は、逮捕できていて、香月修や北村友美を殺さずにすんだと、私は思っていますよ」

「――――」

「それに、あなたが警察に黙っていたので、大川は図にのって、今度は、正面から金を要求して来た。一億円という大金です。われわれは、そうなると思って、あなたを監視していたんですが、大川がまた脅迫してくれれば、今度こそ、あなたがすべてを話してくれるのではないかと、期待をしていたんです。ところが、あなたは、一億円を払ってまでして、秘密を守ろうとした。そのために、あなたは、大川まで殺してしまったんですよ。まあ、あなたにとっては、都合がよかったかもしれませんがね」

27

「取引しませんか?」

小池は、十津川の顔をのぞき込むように見ていった。

「取引というのは、何ですか?」

「あなた方は、事件を解決したいと、思っている。大きな事件ですからね。しかし、私が娘のユキは誘拐されたことなんかないといい張ったら、この事件は成立しないわけでしょう? 違いますか?」

「それで?」

と、十津川はいった。

「だから、私が娘のユキを誘拐されたといいます。新聞記者にも話します。そして、警察のおかげで、娘は、助け出されたと話します。あなた方のお手柄のわけですよ。見事に人質を助け出したわけですからね」

「なるほどね」

「犯人の大川は、身代金を奪って、逃げようとして、スピードを出し過ぎ、トラックに激突して焼死した。これでマスコミは納得しますよ」

「それで、代わりにどうしろというんですか？」

「その手帳を私にくれればいいんです。そして、大川が目撃した事件のことは、忘れて下さればいいんですよ。簡単なことです」

「簡単なことですかね？」

「片方は、誘拐事件ですよ。しかも、殺人が絡《から》んでいる大事件です。それに比べて、もう一つは、たかが痴漢行為、それも未遂じゃありませんか。小さな事件です。第一、証拠はないでしょう？　捜査一課が扱う事件じゃないでしょう？　違いますか？」

と、小池はいった。

「答えは、ノーですよ」

と、十津川がいった。

小池の顔が、赤くなった。

「それなら、私は、絶対に警察に協力しませんよ。誘拐なんかなかったと、いい張ってやる。女を襲ったなんていうのはデマだとも主張してやる。困るのはあなた方じゃありませんか?」

「われわれは、どんな取引にも、応じませんよ」

と、十津川は、厳しい眼になっていった。

「では、話し合いは、これで終わりですね」

と、小池がいった。

十津川と亀井は、黙って小池の家を出た。

「こうなると、誘拐犯の大川悠のほうが、可愛らしく思えて来ますね。五千万も手に入れたのに、北村友美にニセのルビーしか買ってやらないようなケチでしたが」

と、亀井がいった。

「なぜ、小池は、あんなに強気になっているんだろう?」

「大川が死んだからでしょう。小池にとってみれば、目撃証人がいなくなってしまったわけですからね。いつかの夜、OLを襲ったろうといっても、知らないと主張すれば、大丈夫だと思っているんでしょう」

「あの男を、追い詰めることが出来るかな？」

「一つ、考えたことがあるんです」

「何だい？　カメさん」

「小池は、資産家だし、ちゃんとした教育も受けています。美しい奥さんもいるし、可愛い子供もいる。申し分のない家庭の、申し分のない主人であるわけです」

「そうだな」

「それなのに、小池は、深夜、ＯＬを襲いました。社会に対する不満からというのでもないでしょう。家庭の不満とも違います。たとえ、奥さんに対して、不満があったとしても、金があるわけですから、いくらでも遊べるし、浮気も出来たと思うのです」

「つまり、病気か？」

「そうです。小池の場合は、病気だと思いますね」

「それで？」

「病気なら、大川が目撃したときだけではないのではないかと、思います。前にも、同じようなことを、何度かやっているんじゃないか。小池は、それだから、大川の脅迫に屈していたんでしょうし、逆にわれわれに対して、絶対に認めようとしないのではないかと、思いますね」

と、亀井はいった。

「よし、それを、調べてみよう」

と、十津川はいった。

十津川は、亀井たちと、過去一年間に起きた女性に対する暴行事件を調べてみた。

犯人が逮捕されている事件もあれば、未だに解決していない事件もある。

そうした事件の中で、十津川は、「ベンツ男事件」と呼ばれる事件のあることに注目した。

去年の夏から今年の春にかけて、四件の同じような事件が起きていた。

二カ月に一件の割合で起きていることになる。

この一連の事件が、「ベンツ男事件」と呼ばれるのは、暴行の現場に、必ずベンツが認められたことによるという。

白いベンツである。

警察も躍起《やっき》になって、このベンツの持ち主を突き止めようとしたが、ナンバーを覚えている者がいなくて、未だにそれが果たせずにいる。

十津川は、この事件を捜査している白石《しらいし》警部に会った。

「襲われた四人の中には、大怪我をした女性もいるということですが」

と、十津川はきいた。

「二十五歳のＯＬですが、今年の三月十九日の深夜に、帰宅途中を襲われましてね。抵抗したところ、犯人は、拳で彼女を乱打して、二カ月の重傷を負わせています」

「深夜に襲うところも、共通しているようですね？」

「そうです。全員が帰宅途中を襲われています。おそらく、ベンツの中で辛抱強く、獲物が来るのを、待っているんだと思いますね」

「犯人の顔を見た女性はいるんですか？」

「今いった重傷のＯＬが、殴られながら、犯人の顔を見ています。ちょうど近くに街灯があって、殴られながら、明るいほうへ逃げたので、犯人の顔を見られたわけです」

「それで、犯人のモンタージュを作ったわけですか？」

「そうです。しかし、未だに犯人は見つかりません。現場附近に住む男なら、モンタージュと聞き込みで、見つかるものですが、何しろ、犯人はベンツを使っていますからね。遠出をして来て、若い女を襲っていると思うのです」

「この女性が襲われたのは、どの辺ですか？」

と、十津川はきいた。

「北千住《きたせんじゅ》の近くです」

「他の三人が襲われた場所も、ばらばらなんですか？」

「そうです。離れています。最近は、レイプ犯も車を使うなあといっているんですが」

「彼女に、会わせてくれませんか」

と、十津川は頼んだ。

北千住にあるそのＯＬのマンションに、十津川は、白石警部に連れて行ってもらった。

北千住といっても、駅からさらにバスに乗って、荒川《あらかわ》の近くまで行ったところで、夜になればかなり寂しいと思われた。

山本《やまもと》ひろみという名前の女性だった。

小柄だが、色白で、魅力のある女性である。

三月の事件のとき、犯人に顔を殴られて、歯を二本折ってしまったと、十津川にいった。

「犯人の顔を見たそうですね？」

と、十津川はきいた。

「ええ。街灯の明かりで、見えたんです」

「この顔じゃありませんか？」

と、十津川は、持って来た小池の写真を、ひろみに見せた。

彼女は、ちらりと見ただけで、

「この男です！」

と、甲高《かんだか》い声をあげた。

「やっぱりね」

「どんな男ですか？　この男は」

と、白石警部がきいた。

「青年実業家で、素敵な妻子もあり、ベンツを持っている男です」

と、十津川はいった。

「そんな男が、外車を使って、女性を狙って、襲っていたわけですか」

「多分、病気だと思いますね」

と、十津川はいった。

28

小池は、女性に対する暴行及び、暴行未遂で逮捕された。

逮捕されたことで、観念したとみえて、娘のユキが誘拐された事件についても、すべてを証言した。

〈被害者が、別の事件の加害者だった！〉

そんな見出しで、二つの事件を新聞が報道した。

十津川は、二つの事件の解決に貢献してくれた行商の田中ふみに、お礼の手紙を書き、水ようかんを送った。

一週間ほどして、彼女から礼状が届いた。

ひらがなの多い、だが、いかにも彼女らしい温かみの感じられる手紙だった。

〈十津川けいぶ様。

水ようかんと、お手紙ありがとうございました。孫も、あまいものが好きなので、いっしょにいただいております。

行商のほうは、右足のいたみが強くなって、ここ四日ほど休んでおります。わたくしを待ってくださるおとくい様に、もうしわけないと思っております。

さいわい足のいたみもとれてきましたので、来週はまた、東京に行商に行かせていただきます。あつさの折、けいさつのみなさまも、おからだにお気をつけくださいませ。

田中　ふみ〉

午後九時の目撃者

1

河合陽子《かわいようこ》は、約束どおり、九時かっきりに、浅井《あさい》の家に着いた。

この辺《あた》りは、いわゆる高級住宅地で、この時間でも、ひっそりと、静まり返っている。

いつものように、裏に廻り、勝手口のドアを開けて、中に入った。

ドアにつけた鈴が、小さな音を立てた。

それが合図で、浅井が、ニコニコ笑いながら、迎えてくれるのだが、今夜は、出て来ない。

(どうしたのかな?)

と、思いながら、二階の寝室にあがって行くと、浅井が、窓の所に立って、カーテンの隙間《すきま》からじっと、表通りを見つめているのが見えた。

「何に見とれてるの？　すごい美人でも歩いてるのかしら？」

陽子が、からかい気味に声をかけると、浅井は、びっくりした顔で、振り向いた。蒼《あお》い、緊張した顔をしている。

「あ、君か」

「どうしたの？　そんな他所《よそ》行きの顔をして。私を忘れちゃったんじゃないでしょうね」

「そんなんじゃない。すぐ、警察へ電話してくれ」

浅井が、いい、今度は、陽子の方が、びっくりした。

「警察って、何なの？」

陽子が、浅井の傍《そば》に行くと、彼は、窓の外を指さして、

「あそこに人が倒れているのが見えるだろう？」

表通りの並木道に、何か黒いものが横たわっているのが見えた。じっと、眼をこらすと、確かに、浅井のいう通り、人間だった。

表通りといっても、この辺りの住民しか使わない通りなので、人影は、ほとんどな

かった。

「今、何気《なにげ》なく、窓から通りを見ていたら、向こうの暗がりから、ふらふらと、人影がよろめいて来て、あそこに、倒れたんだ。倒れたまま動かない。死んでるのかも知れない」

「病気で倒れたのかも知れないわ」

「じゃあ、救急車を呼べばいいのかな」

「とにかく、どうなってるのか、見て来た方がいいんじゃないかしら？」

「しかし、変に、かかわり合いになるのはごめんだよ。君とのことが、家内にばれてしまうかも知れないからね」

「もう、奥さんは、私のことは、ご存知よ」

「知ってる？」

「ええ」

「どうして、知ったんだろう？」

「そんなことより、見て来ましょうよ。心配だわ」

「そうだな」

やっと、浅井も肯《うなず》き、二人は、玄関から外へ出た。

人影が倒れているところまで、小走りに行った。

倒れているのは、小柄な中年の男だった。

「大丈夫か？　君」

と、いいながら、浅井が、膝《ひざ》をついて、抱き起こした。

蒼ざめた男の顔が、街灯の明かりの中に浮かびあがったとき、陽子は、思わず、

「あッ」

と、声をあげてしまった。

「どうしたんだ？　君の知ってる男か？」

浅井が、きいた。

「ええ」

陽子は、小さく肯いた。

「困ったな。警察に知らせるのは、よそうか？」

「死んでるの？」

「そうらしい。血だよ」

浅井は、男の身体を、地面に置くと、両手を、陽子に見せた。

両方の掌《て》に、赤黒いものがついているのがわかった。

「後頭部から、血が流れているんだ。誰かに、殴《なぐ》られたんだろう」

「じゃあ、殺人なの？」

「どんな知り合いなんだ？」

「簡単には説明できないわ」

「君は、すぐ帰りなさい、僕一人で見つけたと警察には話すよ。その方がいいだろう」

と、浅井は、いってくれた。

2

世田谷で殺人事件との知らせを受けたとき、十津川警部たちは、ラジオで、巨人阪神戦を聞いていた。

巨人が江川《えがわ》、阪神が小林《こばやし》で開始され、二対二のまま、延長戦に入った。場所は甲子園。

十回から、それぞれ、リリーフエースの角《すみ》と、山本和行《やまもとかずゆき》が登板した。

延長十一回表、巨人は、中畑《なかはた》のホームランで、三対二とリードした。

その裏、角は、簡単に二死をとったが、三番の岡田《おかだ》にヒットを打たれた。

迎える打者は、四番の掛布《かけふ》である。一時のスランプから脱して、現在、絶好調で、今日も、四回裏に、江川から、バックスクリーンに放り込む特大ホームランを放っている。

ここで、掛布にホームランが出れば、阪神の逆転サヨナラ勝ちだし、角が、掛布を抑えれば、巨人の勝ちである。すでに、九時三十分を回っているので、これ以上の延長はない。

「なんで、こんな時に、事件なんか、起こしやがるんだ」

と、巨人ファンの若い日下刑事が、文句をいった。

「おおかた、プロ野球嫌いの人間が犯人だろう」

笑いながらいったのは、ベテランの亀井刑事である。

「すぐ出かけるぞ。未練がましく、トランジスタラジオなんかを、持って来るなよ」

十津川は、そういって、部屋を飛び出した。

現場の高級住宅街には、初動捜査班が来ていて、その指揮をとる矢木《やぎ》警部が、「ご苦労さん」と、十津川を迎えた。

「殺されたのは、長谷川俊平《はせがわしゅんぺい》、四十九歳だ。中央玩具というオモチャ屋の社長だよ。

人気マンガのキャラクター商品や、コンピューターゲームなんかの製造で、景気はいいらしい」

「中央玩具の模型を、うちの息子が、箱一杯持っていますよ」

と、亀井がいった。

長谷川俊平の死体は、まだ、歩道に横たえられていた。

車道には、真新しい外車が停まっていて、死体は、そのかげになっている。これでは、車で、通りかかっても、死体は見えないかも知れない。

それに、この辺りは、ほとんど、車も、通行人も通らず、ひっそりと、静かである。

「このベンツは、被害者の車だ、目撃者の話によると、通りの向こうの暗がりから、ふらふらと出て来て、ここで倒れたそうだ。暗がりで、後頭部を強打され、自分の車のところまで逃げて来て、力つきたんだろうと思うね」

矢木が、説明する。

「目撃者がいるのか？」

「ああ、あそこの住人だよ」

矢木は、眼の前の家を指さした。

長い塀をめぐらせた邸宅が多い中で、その家は、小ぢんまりした、洒落《しゃれ》た二階建てだった。純白な外観が、おもちゃのお城のように見える。

「会いたいね」

と、十津川がいうと、矢木が、案内してくれた。

「浅井」と書かれた表札が、眼に入った。

長身で、四十五、六歳の男が、一階の居間に、招じ入れて、十津川たちに、コーヒーをすすめた。

「丁度、二階の寝室の窓から、何気なく、外を見ていて、目撃したんですよ」

と、浅井は、いった。

イラストレーターで、この家は、仕事場にしているという。そういえば、居間の壁にも、ポスターが、何枚か貼《は》ってある。

「倒れるのを見て、すぐ、警察に電話されたんですか？」

十津川が、きいた。

「いや。とにかく、心配なので、飛び出して行って、抱き起こしました。そしたら、血がべったり両手につくし、脈もなくなっているので、急いで、一一〇番したんです。煙草を吸っても、構いませんか？」

「どうぞ、どうぞ」

と、十津川は、いってから、

「殺された男は、長谷川俊平といって、中央玩具の社長なんですが、あなたと知りあいではありませんか？」

「いや。ぜんぜん、知りません。今まで、玩具メーカーの仕事は、したことがありませんから」

「被害者が倒れるのを見た正確な時間はわかりますか？」

「多分、九時丁度頃だったと思いますね」

と、浅井がいった。

横から、矢木がいった。

「それは、間違いないと思うよ」

一一〇番があったのが、九時十一分だったからだという。九時に、二階の窓から、人が倒れるのを見て、外へ出て行き、死んでいると知って、一一〇番したとすれば、九時十一分頃にはなるだろう。

「向こうの暗がりから、ふらふら歩いて来て、倒れたんでしたね？」

と、十津川は、確認する顔で、きいた。

「そうです」

「その時、被害者以外の人間を見ましたか?」

「いや、見ません」

「向こうの暗がりには、何があるんですか?」

「お屋敷ばかりですが、小さな公園があります。その先を、五、六分歩くと、駅に着きます」

「もう一度、ききますが、被害者の長谷川俊平に、前に会ったことはないんですか?」

「ありません。ぜんぜん」

3

別の殺人事件が起きて、初動捜査班が、そちらへ行ってしまったあとを、十津川たちが引き継いだ。

十津川たちが、まずやったのは、聞き込みだった。

この辺りは、高い塀をめぐらした大きな家が多く、聞き込みは、難しかった。というより、そんな家の中では、外の物音に、ほとんど気づく人がいなかった。

しかし、何時間かかけているうちに、二つの収穫があった。

一つは、聞き込みではなく、人の気配のない公園の隅《すみ》から、血のついたコンクリートブロックが発見されたことである。

重さ二・七キロのブロックの破片だった。

恐らく、これが、殺人の凶器と考えられた。

もう一つは、この公園近くの高層マンションの管理人夫婦が、午後九時少し前、男女の争うような声を聞いたという証言だった。

「巨人阪神戦のテレビが、途中で打ち切りになっちゃって、仕方がないので、ラジオに切りかえようとしたとき、聞こえたんですよ」

と、井上《いのうえ》という管理人は、いった。

「具体的に、どんな言葉だったか、覚えていませんかね？」

亀井が、きいた。

「具体的にといってもねえ。男が怒鳴っていて、それに対して、女の人が、何かいい返していたみたいですがねえ」

「奥さんは、どうですか？」

十津川が、横にいる四十五、六の女にきくと、

「そうですねえ。男の人は、女の人の名前をいったみたいだったわ」

「何という名前ですか?」

「それが、よく覚えてないんですよ。ナントカ子だったみたいですけどねえ」

「喧嘩《けんか》だというのは、間違いありませんか?」

「ええ。男の人は、怒鳴ってましたから」

「男女の声が聞こえてたのは、どのくらいの間ですか?」

「二、三分じゃなかったかしら。ねえ、あんた」

「そう。すぐ、聞こえなくなりましたからね」

と、夫もいった。

「ありがとう」と、十津川がいった。

「ところで、今夜の試合は、どっちが勝ったんですか?」

「掛布が、2ランホームランを打って、阪神のサヨナラ勝ちですよ」

「参ったな」

と、いったのは、巨人ファンの亀井だった。

コンクリートブロックに付いていた血は、Ｂ型で、被害者長谷川俊平の血液型と一致した。

4

その結果、一つのストーリィが、浮かんで来た。

被害者は、愛車ベンツ５００ＳＥＬに乗って来て、あそこで車から降り、公園で、女に会った。何を話したかはわからないが、口論となり、女は、近くにあったコンクリートブロックで、被害者の後頭部を殴りつけた。被害者は、助けを求めるためか、或いは、車に逃げ込もうとして、道路まで出て来たが、自分の車の傍で、事切《こと き》れてしまったというストーリィである。

被害者は、男としては小柄である。女が、コンクリートブロックで、殴り殺すことも可能だろう。

解剖の結果も、後頭部を強打されたことが致命傷ということだった。

問題は、口論の相手の女である。

翌日、十津川と、亀井は、被害者の女性関係を調べるために、京王線の上北沢《かみきたざわ》にある被害者宅を訪ねることにした。

車で行くより、電車の方が早いということで、新宿まで地下鉄で出て、その先は、京王線に乗った。

ラッシュを過ぎているので、ゆっくり座ることが出来た。

「どうも、私は、目撃者が気になるんだがねえ」

と、十津川は、いった。

昔は、田園風景の中を走る郊外電車だったのが、今は、窓の外は、林立するマンションがどこまでも続く。

「目撃者というと、浅井千秋《ちあき》というイラストレーターのことですか」

「あまり、イラストレーターのことを知らなかったんだが、彼は、かなり有名なんだね」

と、いって、十津川は、ポケットに突っ込んでいた週刊誌を、亀井に渡した。

亀井が、手に取って、ページを繰《く》ってみると、「有名人がひいきするプロ野球の球団と選手」というところがあり、その有名人の中に、浅井千秋の名前も出ていた。

亀井は、そこを開けてみた。

〈浅井千秋（四十五）イラストレーター
何といっても巨人軍。千葉《ちば》、川上《かわかみ》、白石《しらいし》の頃からだから、もう三十年近いファンですよ。

今は、江川、中畑なんか好きですね。

もちろん、テレビにかじりついて見ています。

巨人が負けた時は、一日中、仕事をする気になれませんね〉

亀井も、恐らく同じように答えるだろう。ただ、巨人で好きな選手は、松本《まつもと》と篠塚《しのづか》だが。

「ちょっと、おかしいと思わないか？」

と、十津川が、いった。

「どこがですか？　巨人ファンのイラストレーターがいても、不思議はないと思いますが」

「そのことじゃなくて、昨夜の浅井の態度さ。彼は、こう証言している。九時頃、何気なく、寝室の窓から外を見ていたら、通りの向こうの暗がりから、男が、ふらふらと出て来て、車の横で倒れた。それで、あわてて、家を出て見に行ったとね」

「ええ」

「昨夜は、巨人阪神戦が、二対二の接戦で、延長に入ったんだ。いい試合だったよ。テレビは、八時五十四分で終わってしまい、みんな今度は、ラジオにかじりついた筈《はず》だ。浅井は、巨人の大変なファンだと書いている。九時前後といえば、一番、はらはらしていた時だ。それなのに、何となく、外を見ていたというのは、変じゃないかね。巨人ファンというのが嘘《うそ》か、それとも、何気なく見ていたというのが嘘かのどちらかだと思うんだがね」

「ラジオの放送を聞きながら、外を見ていたということも、考えられるんじゃありませんか？」

「しかしねえ。私は、二階の寝室を見せて貰《もら》ったが、テレビも、ラジオも置いてないんだよ」

「そうだとすると、妙ですねえ。この週刊誌のアンケートも、浅井が、巨人ファンだということを知っているからこそ、出したんでしょうから」

「だから、私は、こう思うんだ。昨夜、浅井は、何となく、窓の外を見ていたんじゃなくて、何かを見ていたんだとね」

「しかし、警部。犯人は女のようですし、浅井と、被害者との間には、何の関係もないように見えますが」

「今のところはね」

と、十津川は、いった。

京王線を上北沢で降りた。この近くは、完全な住宅地になって、大きな邸も多い。

駅をおりてすぐ、「長谷川家」と書かれた黒枠の紙が貼ってあるのが眼に入った。

解剖を了《お》えた遺体が返され、今日は、通夜の筈だった。

日本式の邸宅の前に、花輪がいくつも並び、受付が、作られている。

十津川と亀井は、用意してきた黒い腕章を腕に巻いて、邸の中に入った。

庭にまで、花が置かれ、喪服の人々が集まっている。

区長や、区会議員の花輪が多いのは、被害者が、いくつもの役職についていたせいかも知れない。

喪主が、弟の名前になっているのできくと、夫人は、現在、慢性の心臓病で、神奈川の病院に入院中ということだった。

十津川たちは、丁度、やって来た社長秘書をつかまえた。

原田文枝《はらだふみえ》という三十歳の女性である。いかにも、頭の良さそうな、現代的な顔立ちだが、そのぶん、女性的な魅力は、感じられなかった。

「何年、社長秘書をやっておられるんですか？」

と、十津川は、彼女を、庭の隅へ連れて行って、きいた。

参会者が多いために、お坊さんの読経《どきょう》の声を、マイクで流している。

文枝は、それが気になるのか、ちょっと、眉《まゆ》をひそめてから、

「もう五年になります」

「奥さんは、いつから、神奈川の病院に入院しているんですか？」

「去年の四月からです」

「すると、亡くなった社長さんに、女性がいたとしても、不思議ではありませんね。誰か、特定の女性の名前なり、噂《うわさ》なりを聞いたことはありませんか？」

「私は、秘書ですけれど、社長のプライベイトな面は、存じあげません」

文枝は、切り口上でいった。

「誰に聞いたらわかりますか？」

「さあ、わかりかねますけど――」

「じゃあ、他のことを聞きましょう。浅井千秋という名前を、社長さんから聞いたことはありませんか？　イラストレーターの浅井千秋です」

「ありますわ」

と、文枝に、あっさりいわれて、十津川の方が、かえって、

「本当ですか？」

と、きき直してしまった。

「ええ、一週間ほど前、突然、社長が、浅井千秋という男のことを調べてくれって、おっしゃったんです」

「浅井は、中央玩具に、よく出入りしていたんですか？」

「いいえ。ぜんぜん。名前を聞いたのも、その時が、初めてでした」

「それで、どうなったんですか？」

「浅井千秋という人の何を調べるんですかって、おききしたんです。そしたら、この男に関することなら、何でも調べろということでしたわ」

「何を調べて、社長に報告したんですか？」

「かなり有名なイラストレーターだということ、年齢は四十五歳で、東京生まれ。三十歳の時に結婚しているが、由木子《ゆきこ》夫人との間に子供はない。住所は、世田谷区だが、同じ世田谷区内に、家を一軒借りて、仕事場にしている。現在、夫婦仲は、あまりよくなく、本人は、仕事場に泊まり込んでいる。その仕事場の住所と、電話番号も、調べましたわ」

「あなたは、優秀な秘書だ」

「ありがとうございます」

「社長は、何のために、あなたに、浅井千秋のことを調べさせたんですかね?」

「存じません。私は、ただ、今申しあげたことをメモして、社長に渡しただけですから」

「あなたは、浅井千秋に会ったことはありますか?」

「いいえ。一度もありません。私とは、何の関係もないんですもの。これから、焼香をして来たいんですけど、構いませんか?」

「どうぞ。もういいですよ」

5

十津川と、亀井は、長谷川邸を出た。

「あの野郎」

と、亀井は、舌打ちして、

「被害者を知っていやがったんですよ。あの時間に、被害者が殺されるのを知っていて、寝室の窓から、通りを見てたんじゃないですかね」

「その可能性はあるね」

「警部のいわれた通り、何気なく、外を見てたわけじゃないんですよ」

「問題は、二人の関係だよ。なぜ、一週間前に、被害者が、浅井千秋のことを知りたいと思ったかだ。それを、これから、浅井に会って、確かめようじゃないか」

「彼が、どんな顔をするか、楽しみですね」

二人は、タクシーを拾い、浅井の家に向かった。

浅井は、在宅で、十津川と亀井を、一階の居間に招じ入れ、自分で、コーヒーをいれてくれた。

居間の壁には、浅井の描いた油絵や、ポスターが、飾ってあった。

「仕事をしていると、コーヒーをやたらに飲みましてねえ。身体によくないことはわかっているんですが――」

と、浅井は、笑ってから、

「もう、犯人の目星はつきましたか？」

「そのことで、浅井さんの協力を、お願いしに来たんですよ」

十津川が、いった。

「もちろん、警察に協力するのにやぶさかじゃありませんが、僕の見たことは、全て、お話ししましたよ」

浅井は、微笑しながらいい、ブラックで、コーヒーを飲んだ。

「まだ、おっしゃっていないことがある筈ですがね」

と、亀井が、じろりと、浅井を睨《にら》んだ。

浅井は、相変わらず、微笑しながら、

「何のことかわかりませんがね」

「殺された長谷川さんを、知っていた筈ですよ」

「とんでもない！」

浅井は、外国人のように、大げさに、肩をすくめた。

亀井は、むっとした顔で、

「被害者は、自分の秘書に、あんたのことを調べさせているんですよ。一週間前にね。あんたの年齢から、仕事場の住所や、電話番号までね、それでも、知らないというんですか？」

「向こうが、僕の何を調べたか知りませんが、僕は、会ったこともなかったですよ。名前だって、警察にいわれて、初めて知ったんですよ。昨日もいいましたが、僕は、長谷川さんに仕事を頼まれたことは、一度もありませんから」

「どうも、信じられませんね」と、十津川が、いった。

「あなたが、長谷川俊平を知らないとすると、向こうは、なぜ、あなたのことを、いろいろと、調べたんでしょうね？」

「ぜんぜん、わかりませんね。ひょっとすると、僕がイラストレーターと知って、何か、仕事を頼もうと思って、秘書に、僕のことを調べさせたのかも知れませんよ」

「それなら、秘書に、電話させたんじゃないですか？　あなたに、連絡をとるためにね。電話がありましたか？」

「いや、ありません」

「秘書も、あなたに電話したことはないといっています。だから、あなたと、被害者は、プライベイトなつき合いだったと思う。いいにくいことがあるかも知れませんが、正直に話してくれませんか」

　十津川が、いったが、浅井は、当惑した顔で、

「とにかく、知らないものは、知らないんですよ。長谷川という人に会ったのは、昨夜が初めてなんです」

「じゃあ、われわれに同行して頂くより仕方がありませんね」

「何のために、同行しなければ、いけないんですか？」

「殺人事件があって、殺された男は、目撃者であるあなたのことを、秘書に調べさせていた。しかも、彼は、あなたの家の前に、車を停めていたんです。何かあると考えるのが、自然じゃありませんか？」

「――――」

「黙っていると、あなたの不利になりますよ」

「つまり、僕も、容疑者の一人だということですか？」

「協力して頂けないと、そういうことになりますね」

十津川が、きっぱりというと、浅井は、当惑した顔で、じっと、考え込んでいたが、

「仕方がない。正直に話しましょう」

「そうして下さい。やはり、被害者を、前から知っていたんですね？」

「いや、知りません」

「あんた、いいかげんにしたらどうなんだ？」

亀井が、声を荒らげて、浅井を睨んだ。

「とにかく、僕の話を聞いて下さい」

と、浅井がいう。

十津川は、煙草に、火をつけてから、

「聞きましょう。話して下さい。ただし、嘘はいけませんよ」

「嘘なんかつきませんよ。何回もいいますが、僕は、長谷川という人を、ぜんぜん、知らないのです。会ったことも、電話で話したこともありません。ただ、向こうが、僕のことを、いろいろと調べたとすると、なぜ、そんなことをしたのか、その理由は、わかるような気がします」

「どんな理由ですか？」

「それは、いいたくありませんね」

「まだ、そんなことをいってるのか！」

とうとう、亀井が、怒鳴った。

十津川は、それを、手で制して、

「なぜ、いいたくないんですか？」

「理由はいえません」

「ひょっとすると、女性が、間に入っているんじゃありませんか？」

と、十津川が、切り込むと、案の定、浅井の顔色が変わった。

「当たったようですね」

「警部さん。彼女は、今度の事件には、関係ありませんよ」

「彼女というのは、誰のことですか？　奥さんですか？」

「いや、家内じゃありません」

「じゃあ、誰なんですか？」

「その名前をいうと、彼女に迷惑がかかるといけないので──」

「事件に関係がないのなら、迷惑をかけることはありませんよ。それとも、何か、事件に関係しているんですか？」

「いや、絶対にありませんよ」

「それなら、名前を教えて貰えませんかね。どうせ、調べればわかることだし、そうなると、かえって、われわれ警察は、疑いの眼で見ることになりますよ。なぜ、あなたが、名前を伏せたかということでね」

十津川がいうと、浅井は、しばらく、考えていたが、

「それでは、いいましょう。河合陽子さんです。三十五歳ですが、挿《さ》し絵《え》を描いている魅力的な女性です」

「その女性が、被害者と、どんな関係があるんですか？」

「ある会社の社長さんが、やたらと、くどくので困っている。どうしたらいいだろう

かと、相談されたことがあるんです。名前は、聞きませんでしたが、玩具メーカーの社長さんで、羽振りがいいんだということでした。それが、今になって思えば、殺された長谷川さんだったんですね」

「その河合陽子さんと、あなたとは、どんな関係なんですか？」

「それは、もうお察しと思いますが、男と女の関係になっています」

「昨夜、彼女は、あなたのところに来ていたんじゃありませんか？　そうなんでしょう？」

「正直にいいましょう。確かに、昨夜、彼女は、僕の所に来ていました。しかし、彼女は、事件とは関係ありませんよ。長谷川さんが殺された時には、僕と、この家にいたんですから」

「昨夜、なぜ、彼女のことを、隠されたんですか？」

「彼女を、事件に巻き込みたくなかったからです。それに、事件には、関係がありませんからね」

6

少しずつ、事件の周囲が、はっきりしてくる感じだった。

被害者の長谷川俊平は、河合陽子という三十五歳の画家に、執心だった。ところが、彼女には、イラストレーターの浅井という恋人がいた。

それに気づいた被害者は、秘書の原田文枝に、浅井のことを、調べさせた。それが、一週間前だったという。

昨夜、被害者は、ベンツを運転して、現場にやって来た。

問題は、浅井に会うためにやって来たのか、それとも、浅井の家の近くで、彼に会いに来るであろう河合陽子を待ち伏せしていたかである。

前者なら、浅井千秋が犯人の可能性が強くなってくるし、後者なら、河合陽子が犯人に思えてくる。

十津川は、とにかく、問題の女性に会ってみることにした。

浅井に教えられた電話にかけてみたが、留守だった。

次に、彼女が、挿し絵を描いている雑誌の出版社を、亀井は訪ねてみた。彼女の噂を聞くためだった。

『週刊サン』の出版社に行き、編集長の君島《きみしま》という男に会った。
四十五、六歳で、太った大男である。
「彼女は、なかなか、魅力的な女性ですよ。それに、今は、独りですから、男性にもてますね」

と、君島は、十津川にいった。

「今は、ということは、前には結婚していたということですか？」

「ええ。画家同士で結婚していたんですが、旦那の方が、三年前に亡くなりましてね。それ以来、彼女は、独りですよ。本職の油絵の方は、まだ、商売にはならないようですが、挿し絵の方では、かなりの売れっ子でしてね。いい絵を描きますね」

「イラストレーターの浅井千秋という男性と、仲が良かったことは、知っていますか？」

「ええ、知っていますよ。よく、二人で、銀座のクラブへ飲みに来ていますからね」

「昨夜、長谷川俊平という玩具会社の社長が殺されました」

「それなら、新聞で見ましたよ」

「彼が、河合陽子さんに夢中だったことを、知っていましたか？」

「ええ。知っていましたよ」

「なぜです？　長谷川俊平さんを知っていたんですか？」

「よくは知りません。ただ、銀座のクラブで会ったことがあるんですよ。景気がいいとみえて、よく、高級クラブに来ていた。うちで、ある作家の本を出版したとき、銀座で、お祝いをやりましてね。装丁《そうてい》をやった彼女も呼んだんです。その店に、長谷川さんが来ていて、彼女に、ひと目惚《ぼ》れしたんですね」

「長谷川さんは、どの程度、彼女に熱をあげてたんですかね？」

「そうですねえ。彼女の話だと、毎日のように、彼女のマンションに花を送ってくる。個展を開いたら、その油絵を、全部買い占めてしまう。たまたま、銀座で会ったら、いきなり、何百万もするようなダイヤモンドの指輪をプレゼントしてくる。さすがに、これは、返したといっていましたがね」

「しかし、長谷川さんには、奥さんがいたでしょう？」

「河合陽子さんには、奥さんとは別れるから、一緒になってくれといったそうですよ」

「彼女の方は、どうだったんですか？」

「さあ、彼女には、イラストレーターの浅井さんがいますからねえ」

と、君島は、いってから、急に、ニヤッと笑って、
「それでも、これだけ、惚れられると、悪い気はしないんじゃないですかねえ」
「浅井さんにも、奥さんはいるわけでしょう？」
「その辺のことは、直接、本人から、聞かれたらどうですか。今夜、九時に、銀座のクラブで、彼女と会うことになっているんです。『週刊サン』の連載が終わったので、作家の先生と、一年間、挿し絵を描いてくれた彼女の慰労会みたいなものです。いらっしゃいませんか」

7

夜の九時になってから、十津川は、亀井と二人、銀座のNというクラブへ行ってみた。

作家や、芸能人がよく来る店というだけあって、煙草の煙が立ちこめている店内には、テレビで知っている顔も見える。

奥のテーブルで、君島が、手をあげた。

化粧の濃いホステスたちの中に、ほとんど化粧をしていない女性がいて、君島は、

彼女を、「河合陽子さん」と、十津川に、紹介してくれた。

確かに、魅力のある女性だった。知的で、同時に、美しい。被害者が惚れたのもわかるような気がした。

被害者の長谷川は、中学しか出ていない。立身出世の見本のような男である。金があるから、水商売の女は、いくらでも、手に入ったろう。

だが、この河合陽子は、今まで、長谷川が知っていた女とは、違っていた。知的な美しさに、彼は、憧れたのだろう。秘書の原田文枝は、知的ではあるが、女としての魅力に乏しい。二つの魅力を持った河合陽子は、被害者にとって、初めての女だったのだと、十津川は、思った。だから、夢中になった――

「ちょっと、おききしたいことがありましてね。昼間、お電話したんですが、お留守で」

十津川がいうと、陽子は、「困ったな」と、呟《つぶや》いてから、

「この近くに、朝まで開いているスナックがあるんです。そこで、コーヒーでも飲みませんか?」

と、十津川に、いった。

十津川たち三人は、クラブを出て、近くにあるスナックに行った。ビルの地下にあ

るスナックで、ホステスと客という感じの二人連れが、ピラフを食べていた。

十津川が、コーヒーを頼んだ。

「浅井さんは、あなたのことをいいたくなかったらしいのですが、こちらが、無理に聞き出しましてね。昨夜、あなたが、浅井さんの家に行かれたことをです」

十津川が、いうと、陽子は、意外に、驚きもせず、

「そうですか。私も、早く警察にいえばよかったんですけど、彼が、黙っていた方がいいというものですから」

「では、昨夜、浅井さんの家に、行かれたのは、事実なんですね？」

「ええ。事実ですわ」

陽子は、あっさりと肯き、眼の前のコーヒーを口に運んだ。

「何時に、行かれたんですか？」

「九時丁度に、参りました」

「それで？」

「家に入りましたら、浅井さんが、寝室の窓から、外を見ているんです。どうなさったのときいたら、外の通りで、人が倒れるのを見たというんです。大変だと思って、浅井さんと、一緒に、外に出てみました」

「じゃあ、あなたも、浅井さんと、被害者がどうなったか、見たんですか？」

「ええ」

「それで、死んでいるのが、長谷川俊平さんとわかった時は、びっくりしたでしょうね？」

「ええ。驚きましたわ。そうしたら、浅井さんが、かかわり合いになるといけないから、帰りなさいといって下さって――」

「それで、家に帰った――？」

「ええ」

「死んだ長谷川さんは、あなたに夢中だったと聞きましたが、本当ですか？」

亀井が、きくと、陽子は、ふと、眉《まゆ》を寄せて、

「結婚してくれといわれたことが、ありますわ。困ってしまいましたけど――」

「あなたは、長谷川さんに対して、どんな感情をお持ちだったんですか？」

「別に、何とも。個展を開いたとき、絵を買って下さったのは、有難かったですけど」

「それは、あなたには、浅井さんがいるからですか？」

「そうかも知れませんわ。正直にいうと、彼が好きなんです」

「浅井さんは、今の奥さんと別れて、あなたと一緒になりたいんだと、いっていましたね」

十津川が、いった。

陽子は、ちょっと、頬を染めて、

「私は、無理はしないで欲しいと、彼にいったんです。私は、一応の収入もありますしね」

「挿し絵では売れっ子だと、君島さんから聞きました」

「それは、君島さんの賞《ほ》め過ぎですわ」

と、陽子が、笑った。

「浅井さんの家に、九時丁度に行かれたというのは、間違いありませんか？　くどいようですが」

亀井が、念を押す形で、きいた。

「ええ。九時にという約束になっていましたから」

「行った時には、浅井さんが、寝室の窓から外を見ていて、歩道に、長谷川さんが倒れていたんですね？」

「ええ」

「あなたは、いつも、黙って、浅井さんの寝室に入って行かれるわけですか？」

「カメさん。やぼはいいなさんな」

十津川が、亀井にいった。

8

河合陽子が、本当のことをいい、浅井も、事実をいっているのなら、二人は、犯人ではあり得ない。

その点を確かめるための聞き込みが行われた。

翌日、現場付近の聞き込みから、捜査本部の設けられた世田谷署に行って来た亀井が、

「どうも、おかしいですよ」

と、十津川に、報告した。

「何がだね？」

「河合陽子の行動です。彼女は、電車で行き、九時丁度に、裏口から、浅井の家に入ったといっていますが」

「違うのか？」

「駅から、浅井の家まで、歩いて、十二、三分です。ところが、彼女は、八時三十分には、もう、駅に着いていたことがわかりました」

「それは、間違いないのかね？」

「八時二十九分着という電車があるんですが、彼女が、この電車から降りたことを、駅員が覚えていました。乗降客が少ない時で、それに、彼女が、あの通り美人ですから、覚えていたんです」

「すると、彼女は、まっすぐ浅井のところに行かなかったということになるね」

「そうなんです。十七、八分間の空白が生まれてしまいます。その間、彼女が、何をしていたかが、問題だと思いますね」

「君は、その間に、彼女が、駅と浅井の家との間にある公園で、被害者と会い、口論のあげく、コンクリートブロックで、後頭部を殴りつけて殺したと考えているのかね？」

「可能性は、大いにありますよ。被害者の長谷川俊平は、彼女に熱をあげていましたからね。ところが、彼女が冷たい。その理由が、イラストレーターの浅井千秋という男だと知った。秘書に、どんな男か調べさせたのが、一週間前です。被害者は、一昨夜、浅井の家の傍に車を停め、彼女を待ち伏せていたんじゃないかと思うのです。彼女が、駅の方からやって来たのをつかまえ、公園に連れ込んで、浅井とつき合うのをやめろと迫ったのかも知れません。口論になった。浅井と別れなければ、殺してやるぐらいのことをいったかも知れない。彼女も、カッとして、コンクリートブロックを拾って、殴りつけた。それから、浅井の家に行ったので、二十分近くおくれてしまったんだと思いますね」

「それを証明できるかい？」

「八時二十九分着の電車で、彼女が、駅に着いたことは、間違いありません。駅前に、喫茶店がありますが、この店には、寄っていません。他には、時間を潰《つぶ》すようなところは、あの近くにはありません」

「すると、二十分近く、歩いていたということになるのかね」

「或《あ》いは、公園で、被害者を殺していたかです。彼女には、動機もありますよ」

「もう一度、彼女に会う必要があるな」

十津川は、亀井と、原宿のマンションに、河合陽子を訪ねた。

壁に、蔓《つる》のからまる古びたマンションの最上階、七階に、陽子は、住んでいた。

窓からは、明治神宮の森が、間近に見える。

「ここからの景色が、気に入っているんです」

と、陽子は、十津川たちにいった。

大きな机の上には、何枚かの絵が、置かれている。このマンションは、彼女の仕事場でもあるのだろう。ケント紙に描かれた挿し絵である。

居間には、花模様の籐椅子《とういす》が置かれ、壁には、アンティックな柱時計が、かかっている。

陽子は、十津川と亀井に、椅子をすすめてから、

「何か、私にご用があって、いらっしゃったんじゃありません？」

「その通りです」

「じゃあ、コーヒーをいれますわ。それを飲みながら、お話をお聞きします」

陽子は、自分で豆をひき、パーコレーターで、コーヒーをいれてくれた。

十津川は、コーヒーの香りを味わっていたが、亀井は、性急に、

「長谷川さんが殺された夜ですがね。あなたは、八時二十九分には、K駅に着いていましたね？　浅井さんの家に着く三十分前にです」

と、きいた。

陽子は、口に運びかけたカップをテーブルに置いて、

「はっきりした時間は、覚えていませんけど」

「駅員が、覚えていたんですよ。K駅に、八時二十九分に着く電車から、あなたが降りるのをですよ。駅から、浅井さんの家までは、ゆっくり歩いても、十二、三分しかかからない。あとの十七、八分を、どこで、何をしていたんですか？」

「早く着いたのは、知っていましたわ。それで、少し歩いてから、浅井さんのところに行きましたけど」

「どこを歩いたんですか？」

「線路沿いの道をぶらぶら歩きましたわ」

「あんな寂しい道を、夜の九時頃に、ひとりでですか？」

「ええ。私、暗いのは、あんまり怖《こわ》いとは、思わないんです」

陽子は、微笑した。

十津川は、コーヒーを飲み了えてから、

「なぜ、早く、浅井さんのところへ行かなかったんですか？」

と、陽子にきいた。

「約束が、九時ということでしたし、あの人、約束した時間より早く行くと、機嫌が悪いんです。だから、歩いて、時間を潰《つぶ》したんです」

「殺された長谷川さんのことですが、あなたに、結婚して欲しいと迫っていたんでしたね？」

「ええ」

「彼は、金持ちでしょうな」

「テレビに出てくるロボットの玩具で、あの会社は、去年、十億円近い利益をあげたと聞いています。それに、長谷川さんの個人資産は、二十億円近いんですって」

陽子は、笑いながらいう。

「億単位のお金というのは、魅力じゃありませんでしたか？」

「私、負けおしみでなく、お金にあまり関心がないんです。ぜんぜん無いと困りますけど」

「長谷川さんのプロポーズを受けなかった理由は、あなたに浅井さんがいるからでしょうが、他に理由がありますか？　例えば、長谷川さんのこんなところが嫌いだったとか」

「あの方は、何でも、お金さえ出せば何とかなると考えていらっしゃるみたいで、それが嫌でしたわ。奥さんのことでも、二、三億の慰謝料で、承知させるみたいなことをおっしゃってたんです」

「だから、殺したんですか？」

と、亀井が、横からきいた。

9

一瞬、陽子は「え？」と、亀井を見、それから、色白な顔を紅潮させた。

「私が、長谷川さんを殺したとおっしゃるんですか？」

「あの夜、彼は、浅井さんの家の近くで、あなたを待ち伏せていた。そして、公園へ連れて行き、あなたに、浅井なんかと、つき合うなといった。つき合うなら殺してやるぐらいのことをいったのかも知れない。口論になり、あなたは、カッとして、近くに落ちていたコンクリートブロックで、殴りつけたんだ。殴られた長谷川さんは、必死で助けを求めて、道路へ出て行ったが、力つきて倒れてしまった。あんたは、素知らぬ顔で、浅井家の裏へ廻り、中へ入って行った――」

「そんな――」

と、陽子は、絶句してから、

「私は、長谷川さんを殺したりはしませんわ」

きっぱりと、いった。声がかすかに、ふるえているのは、いわれなき嫌疑《けんぎ》をかけられたことへの怒りのためだろうか、それとも、彼女が犯人で、ずばりと核心を突かれて、ふるえたのだろうか。

亀井は、明らかに、自分の言葉が、適中したと、思ったようだった。

「あなたには、殺す理由がある。恋を邪魔されて、カッとなって、殺したんだ。違いますか？」

「違いますわ」

「じゃあ、八時二十九分にK駅におりてから、九時に、浅井さんの家に入るまで、どこにいたか、はっきりさせて貰いたいものですね」

「だから、線路沿いの道を歩いて、時間を潰したと、申しあげましたわ」

「それを証明できますか？」

「いえ。あの時、誰も、歩いていませんでしたから、無理ですわ」

「つまり、アリバイがないわけだ」

「そんな馬鹿な。長谷川さんは、物盗りか何かに殺されたんじゃありませんの？」

「いや、違いますね」と、十津川が、いった。

「スイス製の高級腕時計も、十七万円入った財布も、盗られていませんでしたからね」

「でも、私じゃありませんわ」

「あなた以外に、犯人はいないのですよ」

亀井も、頑固《がんこ》にいった。

十津川と亀井は、いったん、捜査本部に帰ったが、二人の報告を受けた捜査一課長が、すぐ、陽子の逮捕命令を出した。

被害者を殺す理由があること。

午後八時二十九分にK駅に着いたあと、肝心《かんじん》の十七、八分間のアリバイが、不完全なこと。

公園近くのマンションの管理人が、九時少し前に、口論している男女の声を聞いていること。

この三つの理由からだった。

原宿のマンションから、陽子は、連行され、留置された。

訊問《じんもん》には、亀井刑事が当たったが、彼女は、いぜんとして、否認するだけである。

翌日になって、浅井が、顔色を変えて、飛び込んで来た。

責任者に会いたいというので、十津川が会った。

「なぜ、彼女を逮捕したりするんです？　彼女が、人を殺す筈がないじゃありませんか？」

と、浅井は、すごい勢いで、十津川に噛《か》みついた。

「理由があって、逮捕したんですよ」

「あなたは、頭がいいと思ったが、これは、大変な間違いですよ。第一、彼女は、あの社長なんか、何とも思っていなかったんです」

「そう。あなたに夢中だった」

「それなら、彼女には、殺す理由がないじゃありませんか？」

「そうともいえないのですよ。確かに、彼女は、被害者に冷たかった。しかし、逆に、被害者は、彼女に夢中だったんですよ。結婚したがっていたんです。被害者の仲間に聞いたところ、被害者は、すでに、弁護士に頼んで、奥さんとの離婚手続きを始めていたというのです。それに、どんなことをしてでも、河合陽子を手に入れるともいっていたそうです。あの夜、被害者は、あなたの家の近くで、河合陽子が来るのを待ち伏せていたんです。そして、彼女と口論になったに違いありません。カッとした彼女は、地面に落ちていたコンクリートブロックで、被害者を撲殺《ぼくさつ》してしまったというわけですよ」

「彼女が、そういったんですか？」

「いや、彼女は、まだ、否認していますよ」

「当たり前ですよ。彼女は、無実ですからね」

「無実だという証拠は？」

「彼女には、人を殺せませんよ。すぐ、釈放して下さい」

「それは、出来ませんね」

十津川が、拒否すると、浅井は、帰って行ったが、夕方になると、新谷《しんたに》という弁護士がやって来た。

「浅井さんの依頼で来たんですが、河合陽子さんの逮捕は、不当逮捕だから、すぐ、釈放して頂きたい」

と、新谷弁護士は、いった。

「浅井さんは、どうしたんですか？」

十津川は、きいてみた。

「彼は、明日の午後、アメリカへ発《た》つので、その準備で、来られないのですよ」

「アメリカへ発つ？　何かの仕事でですか？」

「もう一度、イラストの勉強をするのだといわれていましたね。私は、彼の依頼を受けて来たんです」

「――――」

急に、十津川は、考え込んでしまった。

「私は、不当逮捕だと、抗議しているんですよ」

「え？」

「まず、返事を聞かせて欲しい」

「そういうことは、刑事部長にいって下さい」

十津川は、ふっと、立ち上がってしまった。

新谷弁護士は、あっけに取られた顔で見つめていたが、仕方がないという顔で、刑事部長室の方へ歩いて行った。

十津川は、腕を組み、廊下で、考え込んでしまった。通りかかった亀井が、心配そうに近寄って来た。

「どうなされたんですか？　警部」

「今、浅井に頼まれた弁護士が、不当逮捕だから、河合陽子を釈放しろといって来た。それは、いいんだが、浅井自身は、明日の午後、イラストの勉強に、アメリカへ出発するそうだよ」

「アメリカへですか」

「おかしいじゃないか。愛し合っている男女の女の方が、殺人容疑で逮捕されたというのに、男は、アメリカへ発ってしまうというのは」

「前からの予定なので、仕方なくじゃありませんか？　だから、あとのことは、弁護士に頼んで行ったんでしょう」

亀井は、さして、不思議がらずにいう。

十津川は、珍しく、そんな亀井の態度に、いらだちを覚えた。

「しかし、浅井の態度は、おかしいよ」

「かもしれませんが、だからといって、河合陽子のクロは、動きませんよ」

「いや、私は、自信がなくなったね」

と、十津川は、眉をひそめて、いった。

今度は、亀井も、びっくりした顔になって、

「本当ですか？」

「ああ。本当だ。私たちは、肝心の人間を、見落としていたような気がしたんだよ」

「それは、浅井千秋ということですか？」

「その通りだ」

「しかし、警部。浅井は、三角関係のいわば勝利者だったんです。それが、負け犬だった長谷川俊平を殺しますか？」

「被害者の長谷川が、浅井に向かって、陽子と別れろ、別れなければ殺すぞと脅《おど》したら、浅井は、カッとなって、相手を殺したかも知れんじゃないか」

と、十津川は、いってから、すぐ、自分で、

「いや。これは、あり得ないな。殺人を犯すほど、女を愛していた男が、逃げだすわけはない」

と、否定した。

亀井は、黙って、十津川を見守っている。

十津川が、自問自答している時には、何もいわない方がいいのだ。

十津川は、「うーん」と、唸《うな》り声をあげてから、また、自分にいい聞かせる調子で、

「浅井が犯人なら、動機は、別にあるんだ」

と、いった。

「カメさん」

「何です？」

「殺人を犯す動機には、何があるだろう？」

「そうですね。いろいろありますが、まず、憎悪でしょうね。その中には、愛情も入れていいと思いますが」

「違うな。君のいうように、愛と憎しみは、裏表だ。だから違うね。浅井が犯人だとすれば、動機は、もっと違うものだ」

「あとは、金ですね。しかし、浅井が、長谷川俊平を殺しても、金は、手に入らないでしょう？　全く、血縁関係はないんですから」

「そうだな。長谷川俊平が死んで、彼の莫大《ばくだい》な財産は、病気療養中の奥さんに渡るだけだ。浅井にも、河合陽子にも、渡らない」

「あとは、何がありますかね。脅迫されて、怖くなって、殺すというのがあります。河合陽子は、この理由で、長谷川俊平を殺したと、私は思っています」

「彼女が犯人なら、それだろうがね」

十津川は、難しい顔でいい、留置されている陽子を、もう一度、訊問してみる気になっていた。

10

取調室で、陽子に会うと、十津川は、まず、近くの喫茶店から取り寄せたコーヒーを、すすめた。

「あなたのところでご馳走《ちそう》になったコーヒーほど、美味《うま》くはありませんが」

「どうなさったんですの？」

陽子は、不審そうに、十津川を見た。

「何がですか？」

「今日は、とても丁重《ていちょう》ですもの」

「さめますから、飲んで下さい」

と、十津川はいい、自分も、コーヒーを口に運んだ。

「まあ、まあの味だな」

「そうですわね」

「浅井さんが、明日の夕方、アメリカへ行くそうですよ。だから、あなたのことは、弁護士に頼んだといって来ましたよ」

「あまり驚かないんですね？」

「そうですの」

「彼は、前から、アメリカへ行って、勉強し直したいといっていたんです。彼は、中堅のイラストレーターですけど、最近は、新しい感覚の若い人たちが出て来て、焦《あせ》っていましたわ。私が、お金を出してあげられればよかったんですけど」

「あなたは、不思議な人だな」

十津川がいうと、陽子は、微笑して、

「なぜですか？」

「あなたと浅井さんは、愛し合っているわけでしょう？」

「ええ」

「それなのに、彼は、恋人のあなたが逮捕されているのに、平気で、アメリカへ行ってしまう。そのことに、腹が立たないんですか？」

「きっと、今、行かなければ、勉強のチャンスを失うと思ったからだと思いますわ。それに、私は、長谷川さんを殺していないんですから、心配はありませんし——」

「そういえば、そうかも知れませんがねえ」

「それに、彼は、まだ、奥さんと離婚していないんです。私が、束縛《そくばく》は出来ませんわ。

弁護士をつけてくれたことで、精一杯だったと思うんです」

「浅井さんというのは、どんな男なんですか？　聡明《そうめい》なあなたが好きになるくらいだから、魅力的な男性だとは思いますがね」

「彼には、才能がありますわ。彼のことを、いろいろいう人もいますけど、私は、彼の才能を信じていますわ」

「人柄の方は、どうですか？　小心で、自尊心ばかり強いとか、利己的だとかといった噂を聞いたことがありますがね」

「彼が、いろいろと、欠点のある人だということは、私だって、知っています。でも、私だって、いろいろと、欠点がありますもの。それに、立派な人だから、好きになるということでもありませんわ。欠点だらけの人が、好きになってしまうことだって、ありますし――」

「それは、そうですがね」

十津川は、肯《うなず》いた。

陽子は、浅井が、いろいろと、性格的に問題があることを感じているに違いない。

それでもなお、愛しているのだろう。

それだけに、もし、犯人が浅井だったらと思うと、十津川は、一層、落ち着かなくなってくる。

「長谷川俊平さんを殺したのは、あなたですか？」

と、十津川は、もう一度、きいた。

「いいえ。私じゃありません」

陽子は、まっすぐに、十津川を見つめて、いった。

11

陽子が、シロなら、犯人は、浅井ではないだろうか。

被害者の妻は、事件の夜、神奈川の病院にいたことは、確認された。とすれば、残るのは、浅井だけである。

問題は、動機だった。

「私と一緒に、中央玩具へ行ってくれないか」

と、十津川は、亀井にいった。

「警部は、どうしても、浅井千秋が、犯人だと思われるんですか？」

「ああ、思っている」

「しかし、彼には、動機がありませんよ」

「ないように見える動機を、見つけ出したいと思っているんだよ」

二人は、中央玩具に着くと、社長秘書だった原田文枝に会った。

亡くなった社長の告別式も終わり、会社も、落ち着きを取り戻していた。ワンマン会社だったので、まだ、次期社長は、決まっていないらしい。

「亡くなった長谷川さんは、個人的な支払いをする時には、小切手でしていたわけですか？」

と、十津川は、きいた。

「ええ。まとまった金額の場合は、小切手でなさっていましたけど」

「その小切手帳を見せて頂けませんか」

「はい」

秘書の文枝は、社長のデスクの引出しから、小切手帳を取り出して、十津川に渡した。

十津川は、それを、ゆっくりと繰《く》っていったが、「カメさん」と、呼んで、

「これを見たまえ」

と、いった。

控えのところに、「宇宙企画」とあり、三千万円の金額が、書き込んであった。

その小切手を切った日付は、事件の一週間前になっている。

「何ですか？　この宇宙企画というのは？」

と、亀井がきく。

「浅井は自分で、会社組織にして、奥さんを社長にしているんだ。その会社の名前が、宇宙企画だよ」

十津川は、そういい、小切手帳を文枝に返して、外へ出た。

「被害者の長谷川は、何でも、金で解決しようとする男だったと聞いた。とすると、今度の三角関係も、そうしようとしたと考えるのが、自然じゃないかね。最初は、二十億近い個人資産や、高価なダイヤの指輪で、河合陽子の歓心を引こうとした。しかし、彼女は、それに、関心を持たなかった。となると、長谷川が、次に考えることは、ライバルの浅井に、金をつかませて、身を引かせることだろう」

「すると、事件の夜、被害者は、浅井に、三千万円の小切手を渡しに行ったんでしょうか？」

「多分、そうだ。浅井は、もう現金化していると思うね。その金で、明日の夕方、アメリカへ発つんだ」

「しかし、警部。浅井が、身を引くことを条件に、被害者から三千万円の小切手を受け取ったとしても、彼が、殺さなければならない理由はないんじゃありませんか。河合陽子を裏切ったわけですが、黙って、アメリカへ発ってしまえばいいんですから」

亀井が、首をかしげながらいう。

十津川は、「その通りさ」と、肯いた。

「気骨《きこつ》のある男なら、三千万円を突き返したろうし、恥も外聞も気にしない男なら、平気で受け取って、知らん顔をしているだろう。だが、浅井という男は、突き返すほどの気骨はないし、かといって、破廉恥《はれんち》にもなれない性格なんだ。金を貰ってしまえば、金が欲しくて、女を捨てたといわれる。そういわれるのは嫌なくせに、金は欲しいのさ。いい子でいながら、金は手に入れたい。むろん、そんな都合よく事が運ぶわけはない。貰ってしまえば、長谷川が、陽子にいうだろうし、自然に、世間に洩《も》れる。一応、有名人だから、噂にもなるし、陽子にも軽蔑《けいべつ》される。それは、我慢がならないんだ」

「それで、金を貰っておいて、殺したわけですか?」

「宛名を、個人名じゃなく、会社名にして、小切手を切らしておいてから、口封じに殺したんだ」

「しかし、三角関係で、男二人の中の一人が殺されれば、当然、疑いは、もう一人の男にかかって来ますよ。今度の事件でも、河合陽子にアリバイがあれば、浅井が疑われていたところです」

「だから、彼女を犯人に仕立てあげたんだ。もともと、本当に愛してはいなかったんだろうな」

「事件の夜、九時ジャストに来いといったのも、罠《わな》ですか？」

「もちろん、そうさ。九時丁度といったら、その時刻かっきりにしないと、浅井は、機嫌が悪かったと、陽子はいっている。それを、利用したんだ。だから、九時前に、陽子が来ることはないと考え、それをもとに、計画を企てたんだと思うね。八時半に、来てくれと、長谷川には、いっておく。長谷川は、浅井が、手を引くといったので、ベンツを運転して、約束の八時半にやって来る。浅井は、三千万円の小切手を受け取ってから、用意してあったコンクリートブロックで、殴り殺したんだ。次に、死体をいったん隠しておいてから、表へ出て、公園へ行く。男と女の争い声を、近くの人間に聞かせておかなければならないからさ」

「じゃあ、あの女の声は、浅井の声色《こわいろ》ですか？」

「いや。そんな器用なことは出来ないだろう。多分、奥さんに芝居させたんだ。奥さんも、河合陽子を陥《おと》し込むためというので、引き受けたんじゃないかな」

「結果的に、河合陽子は、まんまと、その罠にはまってしまったわけですが、それは、彼女が、八時二十九分にK駅に着く電車に乗って来たために、十七、八分のアリバイが証明できなくなってしまったからです。その電車に乗って来ることまで、浅井が指示したという確証はありません。もし、彼女が、九時頃にK駅に着いてしまったら、浅井は、どうする気だったんでしょうか？」

「こういうことだったんだろうと思うんだ。約束した時刻よりも、どうしても、早く来てしまう人間というのがいる」

「私が、そうです。ひどい時には、五十分から一時間近くも、早く着いてしまって、時間を潰すのに、骨を折ることが、しょっ中です」

と、亀井が、笑いながらいった。

「それは、カメさんが優しい性格で、相手を待たせてはいけないと、いつも思っているからだよ。恐らく、河合陽子も、そうなんだ。二人で、デイトしても、陽子は、いつも早く来てしまう。浅井は、それを知っているから、利用したのさ。九時ジャストに、来てくれといえば、陽子は、必ず、三十分は早く、K駅に着くだろう。しかし、二人は、不倫の関係にあるわけだから、陽子は、あの辺りの人に顔を見られたくないと考える。駅前の喫茶店に入って時間を潰せばいいんだが、陽子は、顔を見られたくないから、人のいない通りを歩いて、時間を潰した。浅井が、あの喫茶店のマスターは、おしゃべりで困るんだとでも話しておけば、陽子は、絶対に、入らないだろう」

「それで、彼女は、人の歩かない線路沿いの寂しい道を歩いたといったわけですね」

「あれは、事実だと思うね。浅井は、それを予想して、芝居を打ったんだ。奥さんと、公園の暗がりで、口論の芝居をしてから、そこに、血のついたコンクリートブロックを捨てる。そのあと、家にとって返して、死体を、通りに横たえ、二階の寝室にあがって、窓の外を見ながら、陽子の来るのを待ったのさ」

「なるほど」

「彼女と二人で、死体を見に行くことで、自分を、殺人の目撃者にすることもやった。陽子には、かかわり合いになるといけないといって、帰してしまう。警察にも、彼女のことはいわない。だが、どうせ、殺された長谷川俊平の線から、河合陽子の名前が浮かんで来ることは、浅井には、わかっていたのさ。そして、仕方なく、彼女のことを、警察に話してしまったというポーズをとりやがったんだ」

12

翌日、昼前に、十津川と、亀井は、世田谷の浅井の仕事場を訪ねた。

浅井は、アメリカへ出発する支度をしているところだった。

「あなたは、殺された長谷川さんを知らないといいながら、三千万円という大金を受け取っていますね」

と、十津川は、ずばりといった。

「調べたんですよ。宇宙企画の名前で、すでに、銀行で現金化されていますね」

横から、亀井が、いい添えた。

浅井は、一瞬、顔色を変えた。が、すぐ、ニヤッと笑って、

「あの方が、長谷川さんですか。あれは、仕事を頼まれたんです」

「仕事？」

「そうです。突然、長谷川俊平さんから、電話がありましてね。中央玩具の全製品のイメージポスターを作ってくれといわれたんですよ。事件の一週間くらい前ですがね。あの人は、ひどく熱心で、私のところへ押しかけて来て、三千万円の小切手を置いて

いってしまったんですよ。これで頼むといってね」

浅井は、平気な顔でいった。

「それを証明できますか？」

「肝心の社長が亡くなってしまいましたからね。でも、私個人にではなく、私のプロダクション宛に、小切手を切られたことを考えれば、仕事の依頼と、わかるんじゃありませんか。事件の夜、何気なく、窓の外を見ていたといいましたが、実は、頼まれたポスターのことを考えていたんです。どんなポスターがいいか、窓の外を見ながら考えていたら、突然、眼の前で、あの事件が、起きたんですよ」

「実は、あなたが、長谷川さんを殺したんじゃないかと考えてみたんです」

「なぜ、そんな馬鹿げたことを、考えられたんですか？」

「あなたが犯人でも、辻褄《つじつま》が合うからですよ」

十津川は、自分の考えた推理を、浅井に、話して聞かせた。

浅井は、黙って聞いている。時々、頬のあたりを、ぴくぴくさせていたが、聞き終わると、

「面白いと思いますが、ただのお話なんでしょう？」

「証拠が見つかれば、お話じゃなくなりますよ」

十津川は、いってから、亀井に、

「帰ろうか」

「彼を逮捕しないんですか？」

「証拠がないよ」

十津川は、亀井を促《うなが》して、立ち上がった。

13

浅井は、ほっとしながら、帰って行く二人を見送った。

腕時計に眼をやり、旅行の支度をする手に力を籠《こ》めた。早く、飛行機に乗って、アメリカへ行ってしまいたい。

やっと、トランクに手廻品を詰め終わり、額の汗を拭《ふ》いてから、浅井は、冷蔵庫から、缶ビールを取り出して、飲んだ。

「ふうッ」

と、息を吐いた時、ふと、背後に人の気配を感じ、ぎょっとして、振り返った。

警察に留置されている筈の陽子が、そこに立っていた。

「脅《おど》して、ごめんなさい」

と、陽子が、いった。

「どうしたんだ？」

「あなたがつけてくれた弁護士さんのおかげで、釈放されたの。証拠不十分だということだわ」

「それは、よかったね」

「どこかへ、旅行にいらっしゃるの？」

「ああ、アメリカへ、イラストの勉強に行くんだ。急に決まったことでね」

「私も、一緒に連れてって」

「残念だけど、今度は駄目なんだ。次の機会に、一緒に行こうじゃないか」

「奥さんが一緒なのね」

「そうじゃないが、今度は、まずいんだよ」

「そうなの」

「あとから、アメリカへ来てくれてもいい。ただ、今日は、無理だよ。一緒には、行けないんだ。君は、物わかりが良かった筈だよ」

「わかったわ」

急に、陽子は、語調を変えた。変に冷たい声になっている。

浅井は、不安気に、彼女の顔色をうかがった。

「もう一度、警察へ行くわ」

と、陽子がいった。

「なぜ？」

「あの夜、私は、いつものことだけど、三十分も早く、駅に着いてしまったの。仕方がないので、人のいない線路沿いの道を歩いて、時間を潰したと、警察にはいったけど、本当は、違うの。一刻も早く、あなたに会いたくて、この近くへ来てみたのよ。そしたら、あなたが、家から出て来るのが見えたわ。声をかけようとしたら、奥さんも一緒だった。びっくりして、物かげにかくれたら、あなたと奥さんは、通りを渡って、公園の方へ消えていったわ。それから、七、八分して、戻ってきて、今度は、ぐったりしている人間を担《かつ》いで、歩道へ置いたわ」

「――――」

「今から考えると、あれが、長谷川さんだったんだわ」

「それを、警察にいいに行くのか？」

「ええ。行くわ」

「わかった。僕が悪かった。アメリカへは一緒に行こう。君の切符は、成田で何とか手に入るだろう」

「本当？」

「ああ、本当だとも。原宿の君のマンションへ寄って、パスポートを取って行くよ。そうだ。そこにある僕のパスポートを取ってくれないか」

「どこにあるの？」

と、陽子が、背中を向けた瞬間、浅井は、両手を伸ばして、彼女の首を絞《し》めた。

次の瞬間、何者かが、風のように、部屋に飛び込んで来ると、猛烈な勢いで、浅井に体当たりした。

浅井の身体は、はじき飛ばされ、床に転がった。

「観念するんだ！」

と、亀井が、息をはずませながらいった。

14

亀井が、手錠をかけて、浅井を連れ去ったあと、十津川は、

「悪かった」

　と、陽子に詫《わ》びた。

「あなたに、辛《つら》い芝居をさせてしまった」

「いいんです」

　陽子は、蒼白《あおじろ》い顔でいった。

「大丈夫ですか？」

「ええ」

「あなたのような美しい人が、なぜ、辛い目に会うのか、私には、不思議で仕方がない。幸福になるべき人なんだから」

「警部さんでも、優しいことを口になさることが、あるのね」

「刑事だって、人間ですよ」

「じゃあ、警部さんを、安心させてあげましょうか。外国の人がいったんですけど、女の心は、どんなに悲しみで一杯になっても、お世辞や恋を受け入れる場所が、どこかに必ず残っているんですって」

　そういって、陽子は、微笑した。

　しかし、その微笑は、すぐ消えてしまいそうな弱々しいものだった。

「送りましょう」

と、十津川がいうと、陽子は、首を横に振った。

十津川は、黙って、彼女が、出て行くのを見送った。

愛と殺意の中央本線

1

「すいません。こんな時間に電話して」

と、妻の直子《なおこ》が、いった。

「いいさ。今は、事件が入っていないからね。何の用？」

十津川が、きく。

「私の甥《おい》で、今年Ｓ大を卒業した三田功君《みたいさお》のこと、覚えている？」

「ああ、確か、中央化工に入社したんじゃなかったかな」

「そうなの。それが、今度、松本の支社へ行くことになったって、ね」

「松本というと、長野か？」

「ええ。新入社員の中から、五人が、松本へ行くことになったらしいのよ。四月十日に行くといっていたんで、それまでに、餞別《せんべつ》をあげればいいと思っていたんだけど、さっき、電話が掛かって来て、急に、今日、行くことになったっていうの」

「なぜ、急に、早くなったんだろう?」

「それが、今日は、八日で、土曜日でしょう。今日、向こうへ行って、明日一日、あの辺で、のんびり、遊ぶ気らしいのよ」

「なるほどね」

「今日の一三時丁度《ちょうど》に、新宿を出る『あずさ17号』に、乗るって、いってるの」

「今、十二時だから、あと一時間しかないよ」

「そうなのよ。私が、餞別を持って行きたいんだけど、どうしても、用があって、行けないの。それで、申しわけないんだけど、新宿駅に行って、彼に、餞別を渡してくれないかしら」

「事件が入らなければ、今日は、午前中で、帰れるからね。新宿駅に、寄ってみるよ。餞別は、いくら包めばいいんだ?」

「それなんだけど、二万円は、包まなければいけないでしょうね。あなたと、私で、一万円ずつということで」

「わかった。それで、渡しておくよ」

十津川は、電話を切ると、あわてて、庁内の売店へ行き、お祝の袋を買って来て、中に、二万円を入れた。

「カメさん。家内の甥が、転勤するんで、渡すんだが、何と書けばいいのかね？　餞別かな？　それとも、御をつけるのかね？」

と、十津川は、五歳年上の亀井刑事に、きいた。

「そうですねえ。年下でも、御をつけておいた方が、無難《ぶなん》じゃありませんか」

と、亀井は、いう。

十津川は、彼の忠告に従い、サインペンで、「御餞別　十津川省三《しょうぞう》、直子」と書いた。

幸い、事件の発生はなかったので、十津川は、少し早目に、警視庁を出て、地下鉄で、新宿に向かった。

十五分前に着き、4番線ホームに行くと、直子のいっていた特急「あずさ17号」は、もう、入線していた。

九両編成の長い列車の何両目に来るか聞いていなかったので、ホームを、端から端に向かって、歩いて行くと、突然、

「おじさん！　十津川さん！」

と、呼ばれた。

振り向くと、グリーン車の近くで、三田功《いさお》が、手を振っている。

三度ほど会っているのだが、背の高い、甘い顔立ちの青年だなという印象が、残っていた。

今日は、ジーンズに、ブルゾンという恰好《かっこう》だが、長身に、それが、よく似合っている。背広姿ではないのは、向こうで、着がえて、月曜日に、出社する気でいるのだろう。

「松本へ行くそうだね？」

と、わかっているのに、きいてから、十津川は、餞別を渡した。

「うちの奥さんと一緒だ」

「すいません」

と、三田功は、いともあっさり受け取って、ポケットに、入れた。

十津川の方も、別に、話があるわけでもない。

「じゃあ」

と、相手はいい、大股《おおまた》に、グリーン車の入口に向かって、歩いて行った。

(グリーン車で行くのか)

と、十津川が、思っている中《うち》に、三田は、急にくるりと振り向いて、

「向こうに着いたら、電話すると、叔母《おば》さんにいって下さい」

と、いった。

「ああ」

と、十津川が、何となく間の抜けた肯《うなず》き方をしている間に、三田の姿は、グリーン車の中に、消えてしまった。

2

その日の夕食の時、直子は、しきりに、餞別の金額を気にした。

「二万円じゃ、少なかったかしら?」

「いいんじゃないのかね。社会人一年生なんだから」

と、十津川は、いった。

「でも、今の若い人は、ぜいたくだから」

「ぜいたくといえば、三田君は、グリーン車だったよ」

「サラリーマンになったばかりなのに？」

「どうも、ひとりじゃないらしかったね」

と、十津川は、いった。

直子は、眼を大きくして、

「やっぱりねえ」

「君は、知っていたのか？」

「そうじゃないけど。松本へ行けば、いつでも、あの辺《あた》りで遊べるのに、急に、二日前に行くというのは、おかしいと思ったの。普通は、むしろ、逆でしょう？　しばらく、東京を離れるから、この際、東京の六本木とか、新宿あたりで、遊んでおこうと思うものじゃないかしら？」

「それで、彼女かい？」

「ええ。これは、多分、彼女が、信州へ行ってみたいとか何とか、いったんだと思うわ。それで、見栄《みえ》を張って、グリーン車なのよ」

直子は、ひとりで決めて、笑っている。

「三田君は、向こうへ着いたら、君に電話すると、いっていたが、彼女と一緒じゃ、忘れてしまうかも知れないいな」

と、十津川は、いった。

十津川の言葉は、当たって、その日、夜になっても、三田功から、電話は、掛かって来なかった。

翌九日の日曜日。朝早く、練馬区石神井《しゃくじい》公園で、殺されている中年の男が、発見され、十津川は、呼び出された。

犯人は、金欲しさに、昨夜おそく、酔って、帰宅途中のそのサラリーマンを襲ったもので、すぐ、逮捕された。犯人は、まだ、二十三歳の若い男だった。

こんな犯人の時、十津川は、やたらに、腹立たしくなる。

殺人までやって、犯人が手に入れた金は、わずか、二万三千円である。今の時代なら、アルバイトをやっても、簡単に稼《かせ》げるのに、なぜ、殺人というバカなことをやるのかと、腹立たしいのである。一人の生命が失われ、犯人自身も、何年も、刑務所の中で、青春を過ごすことになる。

「こんな事件のあとは、飲みたくなりますね」

と、亀井も、いった。

二人だけで、新宿で、飲んで、十津川が、家に帰ると、直子が、青い顔で、

「大変なの」

と、いった。

「どうしたんだ？」

「三田君が行方不明なのよ」

「行方不明？」

「それで、ユキちゃんが相談に来てるのよ」

と、直子は、いった。

ユキちゃんというのは、三田功の妹で、幸子《ゆきこ》。確か、まだ、大学の二年生の筈《はず》だった。両親が来ないのは、尾道《おのみち》に、住んでいるからだろう。

その幸子も、青い顔で、十津川を見ると、

「兄さんが、いなくなっちゃったんです」

「お兄さんは、昨日、『あずさ』に乗って、信州へ行きましたよ。今は、向こうにいると、思うんだけど」

「それが、行ってないんです」

と、幸子がいう。

横から、直子が、

「ユキちゃんが、向こうのホテルに電話してみたら、来てないって、いうんですって」

「それは、昨日も？」

「ええ。予約してあったのに、兄さんは、泊まってないんです」

「急に、他のホテルに、泊まることにしたんじゃないのかな」

「それなら、ホテルには、電話していると、思うんです。それに、私にも」

と、幸子は、いった。

十津川は、直子に、小声で、

「三田君が、女性と一緒らしいということは、話したのか？」

「ユキちゃんも、うすうす気づいていたみたいなんですよ」

と、直子がいった。

十津川は、それならと、思って、幸子に、

「お兄さんは、ガールフレンドと一緒に行ったと思われますからね。彼女の希望するホテルなり、旅館なりに、急に、変えたんじゃないかな。予約を取り消さなかったのは、忘れたということも、あり得るしね」

と、いった。

「でも、兄さんは、必ず、どこに泊まることにしたからと、連絡してくる筈なんですけど」

と、幸子は、いった。

十津川は、それは違うとはいえず、困惑《こんわく》した。この兄妹の仲というのも、くわしく知っているわけでは、なかったからである。

「もう一日、待ってみなさい。明日になれば、お兄さんは、出社する筈だから」

と、十津川は、いった。

妻の直子も、「そうねえ」と、いい、幸子に、

「明日になって、三田君が、向こうの支社に姿を見せなかったら、それこそ、大変だけど、それまでは、待ってみたらどうかしら？」

と、いった。

それで、納得《なっとく》したとは思えなかったが、幸子は、一応、帰って行った。

十津川は、中央化工の松本支社の電話番号を聞いておき、翌、十日、警視庁に出てから、電話を入れてみた。

人事課に回して貰《もら》い、三田功の名前をいうと、相手は、

「三田君のご家族の方ですか？」

と、きく。

「親戚《しんせき》の者ですが」

「困りましたよ。今日が、第一日目ですからね。きちんと、九時には出社して貰わないと」

「まだ、来ていませんか？」

「ええ。今、午前十時ですが、まだ、来ていません。それに、寮の方にも、来ていないんですよ。どうなっているんですか？」

「そちらに、行っている筈なんですが」

「来ていませんよ」

と、相手は、怒ったような声を出した。

(困ったな)

と、十津川は、思った。今頃、幸子が、直子に相談に来ているのではないか？

これが、殺人事件なら、十津川が、乗り出せるのだが、失踪《しっそう》事件、それも、長野で起きた事件では、十津川には、どうすることも出来ないのである。

直子から、昼休みの時に、電話があった。

「三田君が、やはり、行方不明だわ」

「私も、向こうの支社に電話したから、知っているよ」

「ユキちゃんが、松本へ行ってみるといっていたわ。両親も、尾道から、直接松本へ行くらしいわ」

と、直子が、いった。

「申しわけないが、今の段階では、何も出来ないよ」

「それはいいの。何か、事件に巻き込まれたとわかったら、助けて頂《いただ》きたいけど」

「そんな気配があるのかね?」

「今のところは、まだ、何もわかっていないわ。ユキちゃんも、これといった心当たりはないと、いってるし――」

「三田君のガールフレンドのことは、何かわからないの?」

と、十津川は、きいた。

「ユキちゃんは、二度ばかり、会ったことがあるといっていたわ。でも、正式に紹介されたわけじゃないから、名前も、みどりということしか、知らないと、いっているの」

「確か、あの兄妹は、一緒に、マンションに住んでいたんだね?」

「ええ。今度、三田君が、松本へ行って、ユキちゃんが、一人住まいということになる筈なんだけど」

「三田君の荷物は、まだ、マンションに置いてあるのかね？」

「差し当たって必要なものは、松本の寮に送ったけど、残っているものは、まだあるらしいわ」

「その中から、ガールフレンドの名前は、わからないのかな？」

「ユキちゃんも、一生懸命調べたらしいけど、わからなかったって、いっていたわ」

「ガールフレンドの名前や、住所がわかれば、彼女の方から、調べられるんだがね」

と、十津川は、いった。

「私も、ユキちゃんが、向こうへ行っている間、マンションへ行って、調べてみようと思っているの。彼女が、見過ごしたものがあるかも知れないから」

と、直子がいう。

「ひとりで、大丈夫かね？」

「私ひとりの方がいいの。何といっても、若い女の人の部屋でも、あるんですからね」

と、直子がいったとき、亀井が、傍に来て、

「事件です」

と、いった。

空屋になり、取りこわし準備中の中古マンションの一室で、若い女の死体が、発見されたというのである。

3

他殺の疑いがあるというので、十津川は、亀井たちを連れて、中野駅近くの現場に、急行した。

この辺りも、ビルが多くなっている。それも、真新しいビルが多い。

問題の中古マンションは、五階建てで、住人は全て、立ちのいてしまい、今日から、こわすということで、業者がやって来て、三階の部屋で、死体を発見したのだという。

「とにかく、びっくりしましたよ」

と、いう、業者の案内で、十津川たちは、こわれかけた階段をのぼって行った。

三階の一番端の部屋だった。ドアはさびついていたが、窓ガラスは、割れ、畳もなくなっている。

じゅうたんのめくれあがった居間に、若い女が、うつ伏せに横たわっていた。

亀井が、そっと、仰向《あおむ》けにした。

のどに、鬱血《うっけつ》の痕《あと》が見える。絞殺のようだった。

年齢は、二十二、三歳といったところだろうか。ジーンズに、白いセーターという恰好だった。

ハンドバッグは、見つからない。刑事たちは、身元を証明するようなものはないかと、周囲を、探したが、何も見つからなかった。

ただ、ジーンズのポケットから、一枚の切符が出て来た。見つけたのは、若い西本刑事である。

「JRの切符ですね」

と、いいながら、西本が、差し出した切符を見て、十津川は、おやっと思った。

特急「あずさ17号」のグリーンの切符だったからである。しかも四月八日の日付が入っていた。

当然、十津川は、同じ四月八日、新宿駅に、三田功を見送りに行った時のことを、思い出した。

あの時と同じ列車である。

「鋏《はさみ》が入っていませんね」

と、傍から、亀井が、いった。

と、肯《うなず》いたものの、十津川は、自然に、生返事《なまへんじ》になってしまっている。

「ああ」

亀井が、心配顔で、のぞき込み、

「大丈夫ですか？」

「大丈夫だよ」

と、十津川は、あわてていい、亀井にだけ、三田功のことを、話した。

「それは、ご心配ですね」

「今までは、それほど、心配していなかったんだよ。若者は、気まぐれだし、ガールフレンドと一緒なら、脱線することもあると思っていたんだよ。だが、同じ列車の切符を持っている女が、こうして殺されているのを見ると、何となく、不安になって来てね」

と、十津川は、いった。

「すると、この仏さんが、警部のいわれる三田功さんのガールフレンドでしょうか？」

亀井が、死体を、見下ろして、きいた。

「さあ、どうかな。カメさんのいうように、この切符には、鋏が入っていないから、あの列車には、乗らなかったと見ていいだろう。新宿駅で会った時、三田君は、ニコニコしていたんだ。もし、一緒に行く筈のガールフレンドが、来ていなかったら、いらいらしていたと、思うんだがね」

「そうですね」

「ただ、年齢からいって、彼のガールフレンドとしても、おかしくはないんだが。とにかく、早く、身元を解明したいね」

と、十津川は、いった。

だが、所持品が、全く見つからないのは、多分、犯人が、持ち去ってしまったのだろう。切符が残っていたのは、ジーンズのポケットまで、調べなかったということなのか？　或《ある》いは、逆に、わざと、切符だけを、残しておいたのかも知れない。それは、捜査を進めていけば、わかってくるだろう。

鑑識が、写真を撮《と》り、死体は、解剖のために、運び出されて行った。

そのあとに、白いチョークで描かれた人型が、残された。

「ここで殺されたと、思われますか？」

と、亀井が、改めて、荒れ果てた部屋の中を見廻した。

「いや、多分、別の場所で殺しておいて、ここまで運んできたんだと思うよ。ここに置いておけば、しばらくは、発見されないと、思ったんじゃないかな」

と、十津川は、いった。

中野警察署に、捜査本部が、置かれることになった。

十津川は、自宅に電話をかけてみた。直子は、幸い、もう、帰っていた。

「ユキちゃんのマンションへ行って来たけど、やっぱり、何も見つからなかったわ」

と、直子が、いう。

十津川は、中野で見つかった女の死体のことを話した。

「八日の『あずさ17号』のグリーンの切符が気になるんだよ」

「三田君の彼女じゃないかということ？」

「その可能性が、ゼロじゃないのでね。今、ユキちゃんが、どこにいるか知っているかな？　松本のどこにいるか」

「調べれば、わかると思うけど」

「確か、彼女は、お兄さんのガールフレンドを二回ほど見たといっていたんだ」

「ええ」

「その彼女が、どんな顔立ちか、聞いてみてくれないかね」

と、十津川は頼んだ。

「そちらの被害者の写真を撮って、ユキちゃんに送るわけにはいかないの？」

「そうしてもいいんだが、絞殺で、顔立ちが、ずいぶん違ってしまっていると思うんでね」

と、十津川はいった。

夕方になって、幸子の方から、電話が掛かった。声がふるえているのは、東京で発見された死体のことが、不吉なものと感じられているからだろう。

「それほど、はっきりとは覚えてないんですけど」

と、幸子は、断ってから、

「背は、一六〇センチくらいで、どちらかというと、痩《や》せていましたわ。体重は、四五、六キロぐらいだと思います。髪は長い方で、私が見たときは、ワンレングスになっていました。眼が大きく、女優のKに似ていると、思ったんですけど」

「どんな服を着ていたか、覚えていますか？」

「私が見た時は、ジーンズをはいていましたわ。ジーパンが、好きなんだって、兄さんはいってましたけど」

と、幸子はいった。

途中から十津川は、絞殺された女は、みどりという三田功の恋人に違いないと思っていた。

解剖の結果が出たのは、夜半になってからだった。

死因は、やはり、首を絞められたことによる窒息死である。死亡推定時刻は、四月八日の昼の十二時から二時の間だという。

翌、四月十一日になって、新聞で見たといって、被害者の家族という人が、捜査本部にやって来た。

四十五、六歳の女性で、娘の伊東《いとう》みどりではないかという。

写真も、数枚、持って来た。

亀井が、その女性に、遺体を見せて、確認して貰った。見た瞬間、彼女は、遺体に取りすがって、激しく泣き出した。

亀井は、彼女が、落ち着くのを待ってから、

「お嬢さんに、間違いありませんか？」

と、きいた。

「娘のみどりです」

と、彼女はいう。亀井は、彼女を、十津川のところに連れて行った。

「娘のみどりに、間違いありませんわ」

と、女は改めて、十津川にいった。

十津川は、彼女が渡した写真を見ていたが、

「娘さんは、学生のようですね」

「ええ。来年卒業する筈でした」

「三田功という恋人は、いませんでしたか？　中央化工という会社の新入社員です。八日は、彼と一緒に、信州旅行に行くことになっていたと思うんですが」

「私と娘とは、別に暮らしていましたから」

と、女はいった。

「すると、娘さんは、一人で暮らしていたんですか？」

「ええ。学校の傍のマンションで、一人で住んでいました。そうしたいと、娘がいうもんですから」

「そのマンションを見せて頂けませんか」

と、十津川はいった。

4

伊東みどりのマンションは、なるほど、S大の近くだった。

1DKばかりのマンションで、学生が多いらしい。

十津川は、ここへ来て、三田功が、S大の出だったことを思い出した。

(大学の先輩、後輩ということで、二人は親しくなったのか)

そう考えながら、亀井と一緒に、母親が開けてくれた部屋に入った。

最初に眼に入ったのは、机の上に飾られた三田功の写真だった。

学生の頃の写真らしい。

十津川は、その写真を母親に見せて、

「これが、三田功です。私の甥です」

「娘の好きだった人でしょうか?」

「そうです。彼が、今、行方不明なんですよ」

と、十津川はいった。

「関係があるんでしょうか?」

母親は、青い顔できいた。

「私は、関係があると思っています。三田功は、四月八日に、松本へ行く『あずさ17号』に乗りました。そのあと行方不明になってしまったんですが、みどりさんも、ポケットに同じ列車のグリーンの切符を持っていました」

「グリーンのですか？」

「ええ。おかしいですか？」

「学生の間は、グリーン車には、乗るなと、いっておいたんですけど。ぜいたくはしないようにってですわ」

「なるほど。ただ、恋人と二人で行くので、はり込んだのかも知れませんし、男の方が買ったのかも知れません」

「それならなぜ、娘は、一緒に、列車に乗らなかったんでしょう？」

「私も、それを不思議に思っています」

と、十津川はいった。

十津川と亀井は、なおも、部屋を探してみた。

カレンダーの四月八日のところに、「あずさ17号」と、書き込みがしてあるのを見つけた。

やはり、四月八日は、あの列車に、乗るつもりでいたのだ。

「警部。赤丸は、何の印でしょう？」

と、そのカレンダーを見ながら、亀井が指さした。

8の数字の上に、小さな赤い丸が書いてあった。

「それは、四月八日に、『あずさ17号』に乗ることになっていたから、忘れないように、赤丸をつけておいたんだろう」

と、十津川はいった。

「しかし、三月十五日のところを見て下さい。『ユカリと映画』と書き込みがありますが、赤丸はついていませんよ」

と、亀井がいう。

なるほど、そこには、書き込みがあるだけで、赤丸はついていなかった。

「赤丸だけがついているところもあるね」

と、十津川は、首をひねった。

三月二十五日のところに、赤丸がついているが、書き込みはない。

「三月二十五日は、土曜日ですね」

と、亀井がいう。

「四月八日もだよ」

「三月十一日にも、赤丸です。同じく、土曜日です」

亀井が、興味しんしんという顔で、いった。

「一週間おきの土曜日か」

と、呟《つぶや》いてから、十津川は、母親にそのカレンダーを見せて、

「隔週の土曜日に、赤丸がついているんですが、これが何の印かわかりますか？」

「いいえ。さっきもいいましたけど、一緒に暮らしていませんでしたから」

「しかし、連絡はあったんでしょう？」

「はい。時々、電話はございました」

「その時、土曜日に、何かあるといったことは、いっていませんでしたか？」

「いいえ。何も聞いていませんでしたが」

「このマンションの部屋代はお母さんが出していたんですか？」

「マンションのというわけではなく、毎月、十五万ずつ、送っていました」

「なるほど」

と、十津川は、肯いた。

亀井が、洋服ダンスを開けて、中を見ていたが、

「警部」

と、小声で呼んだ。

十津川が、のぞき込むと、若い娘のものらしい洋服がずらりと下がっている。

「これは、シャネルのマークが入っていますよ」

と、亀井が黒と白の洒落《しゃれ》た服を、指さした。

「高そうだね」

「本物なら二、三十万はするんじゃありませんか」

「すぐ、調べてくれ」

と、十津川はいった。

（何かある）

と、十津川は思っていた。

5

十津川は先に、捜査本部に戻った。

妻の直子に電話してみると、三田功はまだ見つからないという。

そのあとで、亀井が、帰って来た。

「どうだった？」

と、十津川がきくと、

「このシャネルの服は、本物でした。三十二万円だそうです」

「そうか」

「それに、あのマンションですが――」

「1DKで、十二万円だよ。それに、管理費が一万円だ」

「電気代、水道代などを入れると、親から月々、送られてくる十五万円は、消えてしまいますね」

「その通りだよ」

「アルバイトだけでは、無理ですね」

「どこから、金が出ていたのかな」

と、十津川は呟いた。何となく、嫌《いや》な方向に、事件が動いていきそうな感じがする。

三田功は、まだサラリーマン一年生だから、伊東みどりにシャネルの洋服など、買ってやれないだろう。

「明日は、彼女の周辺を、徹底的に調べてみてくれ。彼女に、金を出していた人間が見つかるかも知れん」

と、十津川は、いった。

翌日になっても、三田功の行方は、つかめなかった。

十津川の要請で、長野県警でも、三田功を探してくれることになった。

三田功は、四月八日、松本までの切符を持って、「あずさ17号」に、乗っている。

この列車の松本着は、一五時四八分である。ＪＲに聞いたところでは、この日、別に事故も起きていないから、三田功は、一五時四八分に、松本に着いたと考えるのが、普通だろう。

だが、三田は、消えてしまったのだ。

長野県警は、ＪＲ松本駅周辺で、聞き込みを、やってくれるということだった。

東京では、亀井たちが、殺された伊東みどりの周辺を、調べた。

亀井が、まず、聞き込みから戻って、十津川に報告した。

「被害者のクラスメイトの何人かに、当たってみました」

「それで、何かわかったかね？」

「最近、彼女が、大学の先輩の三田功と、親しくしていたことは、知っていました。ただ、問題のスポンサーのことは、知らなかったみたいですね。きっと、みどりが、内緒にしていたんでしょう」

「すると、見当もつかずか？」

「ただ、クラスメイトの一人、女性ですが、こんなことをいっていました。伊東みどりは、地味で、目立たない方だったのが、去年の夏休みが終わった頃から、急に、派手になったそうです」

「つまり、去年の夏休みに、スポンサーというか、パトロンというかに、めぐり合ったということだね?」

「そう思います」

「例のカレンダーの赤丸だがね、そのスポンサーと、会う日だったんじゃないだろうか?」

「隔週の土曜日に、会っていたということですか?」

「そうだ」

「それが合っていれば、相手の確定に役立ちますね。隔週の土曜日が、休める人間ということになりますから」

と、亀井はいった。

「四月八日は、スポンサーの約束と、恋人の三田功とのデイトとが、ぶつかってしまったんじゃないかな」

「すると、スポンサーが、殺した可能性が出て来ますね」

「可能性がね」

と、十津川は、慎重ないい方をした。

西本と、日下の二人が、帰って来た。

「伊東みどりは、一年のときから、夏休みに、アルバイトをしています。三年生の夏休みですが、沖縄のホテルで、働いていますが、もし、スポンサーと関係が出来たとすると、この時だと思うんです。このホテルは、高級なリゾートホテルで、料金も高く、宿泊客も、金持ちが、多いということですから」

と、西本が、いい、日下が、そのホテルの出しているパンフレットを見せた。豪華なパンフレットで、やたらに、「リッチな」という形容詞が躍っている。

「アルバイトというと、何をやっていたんだ？」

「くわしくはわかりませんが、遊びの指導員みたいなことだったと思いますね。スキューバ・ダイビングとか、水上スキーとかです」

と、西本は、いう。

「君たちは、すぐ、沖縄へ飛んでくれないか」

と、十津川は、二人に、いった。

二人が、会計に寄り、旅費を受け取って、出かけたあと、清水と、三田村《みたむら》の二人の刑事が、帰って来た。

二人は、死体のあったマンション周辺で、聞き込みをやっての帰りだった。

「あの辺は、昼間は、人通りの多い場所ですが、夜は、ひっそりと静かです。それで、聞き込みをやっても、怪しい人間を見たという目撃者は、見つかりませんでした」

と、清水は、報告した。

「すると、夜になってから、死体を、運び込んだということになるのかね？」

「そう思います。というのは、八日の夜九時頃、あのマンションの近くで、駐《と》まっている黒っぽい車を見た人がいるんです」

「どんな車なんだ？」

「うす暗い場所に駐めてあったので、はっきりしませんが、どうやら、ベンツの大きい方だと思われます。５００ＳＥＬじゃないかと、いっていました」

「色は、黒かね？」

「それが、わかりません。白でないことは、間違いないようですが、濃紺かも知れないし、茶色かも知れません」

「いつも、車の駐まっていない場所なのかね？」

「そうです。取りこわし直前のマンションの前ですから」

「その目撃者は、車のナンバーや、乗っていた人間を、見ているのかね？」

「残念ながら、両方とも、見ていません」

「どのくらい駐まっていたのかね？」

「夜中の十二時には、もう、消えていたとは、いっています。いつ、いなくなったのかは、わかりません」

と、三田村がいった。

「あのマンションは、十日から、取りこわすことになっていたね？」

と、十津川は、きいた。

「そうです」

「それを知っている人間は、どのくらいいるのかね？」

「あの辺の人間は、みんな知っています。回覧で知らせていますから。それに、建物の前に、四月十日から工事と書いた立札が立っています」

「それなら、犯人は、八日に、あそこに死体を置いておけば、十日まで見つからないことを、知っていたわけだね。その立札を見れば」

「そうです」

「それを狙《ねら》って、犯人は、あのマンションに、死体を置いたのかな。しかし、全く知らない人間が、いきなり車で乗りつけて、死体を、かくす筈がないんだから、犯人は、知前から、あのマンションが、全室、空部屋になっていて、近く取りこわすことは、知っていた筈だな」

「私も、そう思います。あの近くの人間は、みんな知っていますが、他の区の人間が、知っているとは、まず、考えられません」

と、清水がいった。

「あのマンションの持ち主は、確か、サン建設だったね？」

「西新宿に、会社があります。社長は、小坂祐一郎《こさかゆういちろう》、五十二歳で、社員は百六十名。強引《ごういん》なやり方で、いろいろと、噂《うわさ》のある男です」

三田村が、ポケットから、「サン建設」の宣伝パンフレットを取り出し、十津川の前に広げた。

社長である小坂の大きな写真が、のっている。前の建設大臣と一緒に写っている写真である。

「確かに、やり手といった顔だねえ」

と、十津川は、苦笑したが、

「まさか、自分が買い取り、改造しようという建物に、自分が殺した人間を、投げ込んでおくなんてことはないだろう」

「すると、その小坂という社長は、シロですか？」

「一応は、調べてみるがね」

と、十津川は、いった。

6

長野県警から、連絡が入った。電話をくれたのは、上田《うえだ》という警部である。

「香《かんば》しい報告は出来ません」

と、上田は、申しわけなさそうに、断ってから、

「JR松本駅の駅員や、駅周辺のタクシーに当たってみたんですが、三田功さんと思われる青年の目撃者は、見つかりませんね。それから、松本周辺の観光地や、温泉のホテル、旅館を、しらみつぶしに当たってみました。妹さんが、三田功さんの写真を持って来られたので、それを、大量にコピーしましてね、刑事に持たせて、廻ってみたんですが、八日、九日、十日とも、泊まった形跡《けいせき》はありません」

「中央化工の松本支社にも、電話は入っていませんか？」

「入っていません。それから、八日の『あずさ17号』の車掌にも、会いましたよ。二人に会いました。車掌長の方は、三田功さんを覚えていました」

「覚えていたんですか」

「ええ。新宿駅を出て、すぐ車内改札をしたとき、グリーン車で、三田さんと思われる若い男の乗客がいたと、いっています」

「その時、彼は、一人だったんでしょうか？　それとも、同伴者がいたんでしょうか？」

「車掌長は、お一人のようでしたと、いっています」

と、上田警部は、いった。

「彼の座っていた席のナンバーは、わかりませんか？」

と、十津川はきいた。

「それなんですが、真ん中あたりの席だったことは覚えているが、何番だったかまでは、覚えていないそうです。松本までの乗客が多かったからだと、いっていました」

「彼が、終点の松本まで、乗って行ったかどうかは、わかりませんか？」

「その点を、知りたいので、しつこく、聞いてみたんですが、二人の車掌とも、わからないと首を振っていましたね」

と、上田は、いった。

電話がすんでから、十津川は首をかしげた。

三田功は、一人で、グリーン車に乗っていたようだという。

一緒に行く筈だった伊東みどりが、来なかったので、止《や》むを得ず、一人で、グリーン車に乗っていたのだろうか？

そう考えるより仕方がないのだが、なぜ、彼が、悠々《ゆうゆう》としていたのかが、わからない。

新宿駅で会った彼は、いかにも楽しそうだった。彼は、発車直前に、グリーン車に乗ったが、その時も、ニコニコしていた。

あれは、どう考えても、恋人と一緒に、旅行することが楽しくて仕方がないという顔だったと、今でも、十津川は、思っている。

伊東みどり以外の女性と一緒だったとは、考えにくい。

彼女が、同じ日の「あずさ17号」のグリーンの切符を持っていたし、車掌の話でも、車内改札の時、三田功は、一人だったらしいからである。

それに、車掌の話では、三田は、グリーン車の真ん中あたりの座席に、座っていた。伊東みどりの持っていた切符に書かれていた座席は、6Aである。座席は、十二列あるのだから、6Aは、真ん中である。

とすれば三田と、伊東みどりは、八日の「あずさ17号」に、並んで座っていく筈になっていたのだ。そう考えるのが、自然だろう。

（彼女は、途中から、乗ることになっていたのではなかったろうか？）

と、十津川は、ふと思った。

彼は、伊東みどりの部屋から持って来たカレンダーを取り出して、もう一度、見てみた。

亀井が、寄って来て、

「何か、気づかれましたか？」

「この八日の書き込みだよ」

「列車名が、書き込んであって、別に、おかしいとは、思いませんが。この日、『あずさ17号』に乗ることになっていたので、書き込んでおいたんじゃありませんか」

「確かに、そうだがね。私だったら、時間も、書いておくがねえ。一三時〇〇分発だから、遅れたら、大変だからね」

と、十津川は、いった。

「そうですねえ。私も、時間は、書き込みますね。列車が、指定されているとき、それに、デイトのときは、時間が、大切ですから」

「じゃあ、なぜ、伊東みどりは、列車名だけを、書いておいたんだろう？」

「そうですねえ。同行する相手が、マンションまで迎えに来てくれることになっていたということが考えられますね。それなら、別に、時間を気にする必要はありませんから」

「他には？」

「ちょっと、わかりませんね」

と、亀井は、いう。

「私は、こんなことを、考えたんだ。伊東みどりは、この赤丸の人間にも、会うことになっていた。だから、新宿に十三時までに行けるかどうか、わからなかったんじゃないかとね」

「しかし、『あずさ17号』には、乗る気だったんでしょう？　ジーンズのポケットに、切符を入れておいたんですから」

「そうだよ。ひょっとすると、伊東みどりは、新宿からではなく、途中から、『あずさ17号』に、乗るつもりじゃなかったかと思ったんだ」

「途中からですか」

と、亀井は、手帳に書いてある「あずさ17号」の時刻表に、眼をやった。

「これの、途中から乗ることになっていたということですか？」

と、亀井が、きいた。

「あまり、先じゃなかったろうね。八王子ぐらいまでじゃないかな。三田功は、伊東みどりが、途中から乗ることになっていたから、新宿駅で、相手がいなくても、安心していたんじゃないかと、思ったんだよ」

と、十津川は、いう。

「しかし、警部。彼女が、赤丸の人間と、会うことになっていたとします。新宿に、一三時〇〇分に行けないから、三田功には、途中乗車すると、いったことになりますね」

「まあ、そうだね」

「赤丸の人間と、東京で会ったとします一三時〇〇分新宿発の『あずさ17号』に、間に合わないような時間だから、新宿ではなく、途中から、乗るといっていたわけでしょう。追いかけて、うまく、『あずさ17号』に乗れると思っていたんでしょうか？」

「と、いうと？」

「中央本線に平行して、新幹線が走っていれば、追いかけて行って、途中から乗ることも出来るでしょうが、ありませんから、追いかけるのは、大変ですよ」

「追いかけるとすると、中央自動車道を、車でか」

「そうですね。中央高速が、新宿―八王子―甲府と通っていますから、追いかけるなら、これを利用するしかありませんね」

と、亀井は、いってから、

「時刻表で調べると、この列車は、時速九十キロ近くで走っています。中央高速を利用して、車で追いかけるとすると、スポーツ・カーでも使わない限り、追いつけないんじゃありませんか？」

「タクシーじゃ、無理かね？」

「時速百キロ以上で走れば、追いつけるかも知れませんが、インターチェンジを出てから、ＪＲの駅までの時間も、計算しないと、駄目です」

「東京都内から、中央高速に入るにも、時間がかかるね」

「そうです。都内で、十三時を過ぎてしまったとすると、難しいんじゃありませんか、『あずさ17号』に追いつくのは」

「しかし、伊東みどりは、追いつけると思ったから、切符を持っていたのだろうし、三田功も、始発の新宿に、彼女がいなくても、当然途中から乗ってくると思って、安心して、新宿から『あずさ17号』に、乗り込んでいるんだがね」

と、十津川は、いった。

新	宿	13.00
立	川	13.23
八王子		13.31
甲	府	14.31 / 14.32
韮	崎	14.42
小淵沢		15.01
茅	野	15.15
上諏訪		15.21 / 15.21
岡	谷	15.31
塩	尻	15.39
松	本	15.48

十津川は、念のため、八日午後の中央高速の混み具合を、調べてみた。

四月という春の季節の上に、八日は、土曜日である。

十津川の予期した通り、その日の中央高速は、下り車線が混雑したという。家族連れなどが、車で、出かけたのだろう。

午前十一時から、午後二時頃にかけて、八王子から、大月間で、渋滞《じゅうたい》が続いたということだった。

「まずいね」

と、十津川は、亀井に、いった。

とても、時速九十キロ以上で、走れる状態ではなかったのだ。

7

沖縄に着いた西本と日下から、夜おそく、電話が入った。

「今、本部《もとぶ》にあるリゾートホテルにいます。間違いなく、伊東みどりは、去年の夏、ここで、アルバイトをしていました。スキューバ・ダイビングの指導をやっていたようで、美人で、スタイルもいいので、中年の男性客に、人気があったそうです」

と、西本が、いった。

「それで、特別に、彼女と親しくしていた男の泊まり客は、見つかったかね？」

十津川が、きく。

「二人、いました」

「二人？」

「そうです。ホテルの支配人によると、二人とも、東京の人間で、一人は、五十三歳の岩本良夫《いわもとよしお》、ファストフードのチェーン店を経営しています。もう一人は、浅井博《あさいひろし》四十九歳で、こちらは、貴金属商だそうです。この職業の方は果たして本当かどうか、わからないそうです。二人が、そういうのを聞いたというだけだからです」

「東京の住所を、教えてくれ」

と、十津川はいった。

西本がいう住所を、十津川は、手帳に、書き取った。

「この二人は、そこのリゾートホテルの常連なのかね？」

「そうです。二人とも、毎年のように、来ているということです」

「一人でかね？」

「一人のときもあるし、女性連れのときもあるそうで、去年の夏は、二人とも、一人だったということで、伊東みどりに、アタックしたんじゃありませんか」

「去年の夏、この二人は何日ぐらい、宿泊したんだ？」

「岩本が、二週間、浅井が、二十日間です」

「わかった。この二人を、こちらで、調べてみよう」

と、十津川は、いった。

翌日、十津川は、亀井と、この二人の中年男のことを、調べてみた。

まず、ファストフードのチェーン店をやっている岩本良夫である。

関東周辺に、五十店以上の店を持つという男だった。

もちろん、妻子がいる。

十津川は、直接、新宿にある「イワモトフーズ本店」に、社長の岩本を訪ねてみた。

大きな男で、若々しく、四十代に見えた。

「毎年夏には、沖縄に行っています」

と、岩本は、笑いながら、肯《うなず》いた。本部のリゾートホテルの特別会員になっているともいう。

「ご家族とは、一緒に行かれないのですか?」

と、亀井が、きいた。

「丁度、息子が、受験でしてね。遊んでいる余裕なんかないというし、家内も、息子に、つきっきりでしてね。それで、私一人で、英気を養いに行ったわけです」

「それで、息子さんは?」

「おかげで、N大に、合格しました」

「沖縄のリゾートホテルでは、伊東みどりという、スキューバ・ダイビングの指導員と、親しくされていたんじゃありませんか?」

と、十津川が、きくと、岩本は、眉《まゆ》をひそめて、

「それは、ちょっと、誤解を招くいい方ですね。私は、海にもぐることに興味を持って、向こうで、スキューバ・ダイビングを習いましたよ。それだけのことです」

「彼女と、食事に行ったりされたんじゃありませんか？」

「一、二回したかも知れないが、それは、お礼ですよ。別に、下心《したごころ》があってじゃありません」

「すると、東京に戻ってから、伊東みどりと、つき合ってはいないということですか？」

「その通りです」

「彼女が亡くなったことは、ご存知ですか？」

「いや、知りません。海で、事故でも、起こしたんですか？」

「殺されたんです。それで、われわれが、調べています」

「それは、どうも――」

「車は、何をお持ちですか？」

と、亀井が、きいた。

「いろいろ持っていますよ。外車も、国産車も」

「ベンツも、お持ちですか？」

「持っていますが、それが、どうかしましたか？」

「ベンツは、何色ですか？」

「濃紺ですが」

「四月八日は、どうされていましたか？　特に、午後一時前後です」

と、十津川が、きいた。

「うちは、年中無休ですからね。働いていましたよ」

と、岩本は、いった。

「ここに、おられたんですか？」

「いたかも知れないし、チェーン店を廻っていたかも知れない。とにかく忙しいんですよ」

「四月八日は土曜日ですが、土曜日に特別の意味がありますか？　イワモトフーズでは」

と、十津川は、きいた。

「別に、ありませんがね」

と、岩本は、肩をすくめた。

十津川と、亀井は、次に、銀座にある、浅井貴金属店を訪ねた。

かなり大きな店である。ショーケースの中には、一千万円を越す指輪なども、並んでいた。

浅井は、二年前に離婚して、現在、独身だった。

「今は、独身生活をエンジョイしていますよ」

と、浅井はニコニコしながら、いった。

「去年の夏、沖縄のリゾートホテルで、伊東みどりという指導員から、スキューバ・ダイビングを習いましたね？」

と、十津川がきくと、浅井は、あっさりと、

「ああ、あの美人の指導員ね。習いましたよ。楽しかったな」

「その後も、つき合っていますか？」

「いや。いませんね。若くて、美人だから、つき合いたいと思いましたが、縁がなくてね」

「彼女、死にました。殺されたんです」

と、十津川がいうと、浅井は、びっくりした顔で、

「そうですか。知りませんでしたね。ああ、それで、警察が調べているわけですか」

「そうです。八日の昼頃、殺されたんですよ。失礼ですが、何をされていました？」

と、十津川はきいた。

「八日というと土曜日ですね。うちは第二と第四土曜日が休みだから、多分、家で、

のんびり寝ていたんじゃなかったかな」

「隔週で、土曜日が、休みなんですか？」

亀井が、眼を光らせた。

「ええ。いけませんか？　その中《うち》に、毎土曜日を休みにしたいと思っていますがね」

と、浅井は、いった。

「本当に、去年の夏以後、伊東みどりと、つき合っていませんか？」

十津川が、もう一度、きいた。

「いませんよ。死んだというのも初耳ですね」

「車は、何を運転されていますか？」

と、亀井が、きいた。

「ドイツ車が好きでね。ポルシェ９１１を運転しています」

「ベンツは、お持ちじゃないんですか？」

「持っていますが、あれは、お客を迎えるときで、一人で、楽しむときは、もっぱら、ポルシェです」

と、浅井は、いった。

「そのベンツの色は、何色ですか？」

十津川が、更《さら》にきくと、浅井は、不快気《げ》な表情になって、

「何だか、私が疑われているみたいですね」

「あなたは、伊東みどりを知っていた。それに、資産家です」

「親が残してくれただけですよ。資産があると、いけないんですか？」

「殺された伊東みどりは、つき合っていた男性から、資金援助を受けていたと思われるんです。それに、第二と、第四土曜日に、その男とデイトしていたようなんですよ」

「つまり、私がぴったりというわけですか」

「まあ、そうです」

「それに、八日の私のアリバイがない――」

「ええ」

「しかし、刑事さん、私には、動機がありませんよ。去年の夏以後、彼女とは会っていないし、私は、独身だから、結婚を迫られても、相手を殺す必要はないんですよ」

「いや、今度の事件では、彼女には、若くて将来性のある恋人がいるんです。ですから、動機は逆で、彼女に、未練のあるパトロン気取りの男が、嫉妬《しっと》から、殺したと、考えているんですよ」

と、十津川は、いった。

8

直子が、幸子を連れて、捜査本部に、やって来た。

「ユキちゃん、とうとう、向こうで、お兄さんが見つからずに、戻って来たんですよ」

と、直子は、いった。

幸子は、疲れ切っているように見えた。

「警察の皆さんが、兄の行きそうな場所は、全部、調べて下さったんですけど」

と、幸子は、いう。

「三田君は、松本まで、行っていないような気がするね」

と、十津川は、いった。

「なぜ？」

と、直子が、きいた。

「彼は、恋人の伊東みどりが、新宿ではなく途中から、『あずさ17号』に乗ると思っていた。ところが、彼女は、いつまでたっても、乗って来ない。当然だよ。彼女は、東京で殺されていたんだからね。ところで、三田君だが、乗ってくる筈の恋人が、いつまでたっても、乗って来ないとき、一人で、松本まで行ってしまうだろうか？」

と、十津川は、直子と幸子の二人に向かって、きいた。

「その列車には、電話がついてなかったの？　ついていれば、彼女の自宅に電話してみると思うけど、ないとすると、自分も、途中で降りて、電話してみるわ」

と、直子がいった。

「私も同感だね。彼は、甲府、韮崎《にらさき》、小淵沢《こぶちざわ》のどこかで、列車を降りて、伊東みどりの自宅マンションに、電話したんだと思う。もちろん、彼女は自宅にいない。そのあと、彼は、一応、松本まで行って、彼女を待つか、或いは、東京に戻って、彼女を探すかのどちらかを選ぶんだが、これだけ、松本周辺を捜して見つからないとすると、東京へ戻ったんじゃないかと思うんだ。心配になり、彼女がどうしたのか、調べるためにね」

と、十津川は、いった。

「でも、それなら、なぜ、兄は、東京にいないんですか？　なぜ、連絡して来ないんですか？」

幸子が、十津川を、見つめた。

十津川には、答えようがなくて、黙っていた。直子が、「東京で、探しましょう」

と、幸子にいい、連れて帰ってくれた。

三人のやりとりを聞いていた亀井が、

「お辛《つら》いでしょう」

と、声をかけて来た。

「これから、もっと辛くなるかも知れない。彼は、松本でなく、東京に戻って来たとすると、妹のいう通り、連絡がないのは、おかしいんだ。だから、彼も、死んでしまっている可能性がある。そんなことは、彼女にいえなくてね」

と、十津川は、いった。

「もし、死んでいるとすると、伊東みどりを殺した人間が、同じように、殺したことになりますか？」

「ああ、そうだ。彼は、うすうす伊東みどりが、つき合っていた男のことを、知っていたんじゃないかな。だから、彼は、彼女に、何かあったかと思って、東京に戻ってくると、その男に会って、問いつめたんじゃないか」

「あり得ますね」

「相手の男は、三田功に気づかれたと思って、彼も、殺してしまった――」

十津川は、口の中で、呟くようにいった。そんなことは、考えたくもないのだが、今になっても、三田功が、見つからないと、そんな最悪の事態も、想像しないわけには、いかなくなってくるのだ。

「しかし、岩本と浅井のどちらが、伊東みどりのスポンサーだったんでしょうか？隔週で、土曜日が休みということを考えると、浅井の方が、怪しくなって来ますが」

と、亀井は、いった。

「確かに、そうなんだがね」

十津川は、言葉を濁した。

いぜんとして、途中乗車の問題が、心に引っかかっていたからである。

伊東みどりは、三田功に、どこから、「あずさ17号」に、乗ると、いっていたのだろうか？

その駅がわかれば、彼が、そこで降りたと、想像できるのだが。

9

最悪の事態になってしまった。

三田功の死体が、発見されたのである。

豊島園近くの空地に、廃車になった自動車が、野積みされている。

二百台近い数である。

強力な電磁石を吊り下げた大型クレーンが、一台ずつつかみあげ、空地の端に設けられた圧縮機械に、投げ込むのだ。

今日も、作業員がクレーンを動かしていた。

磁石が、一台の車を吸いつけて、空中に、持ち上げた。

空中で、車が大きくゆれている。

その時、がたんと音を立てて、トランクが開き、何かが、落下した。

クレーンを動かしていた男は、最初、人形が落ちたのかと思った。が、気になって、じっと見すえた。

人形にしては、おかしいと思い、クレーンから降りて、近寄ってみた。

それは、人形でなくて、人間だった。

これが、三田功の死体が発見された経過である。

身元確認は、十津川一人で十分だったが、それでも、妹の幸子が直子とやって来た。

三田が、こんな廃車のトランクに入って死ぬ筈がないのだから、他殺に、決まっていた。

後頭部に、裂傷があるから、犯人は、背後から、鈍器で、殴りつけて、殺したのだろう。そして、ここへ運び、野積みされている廃車のトランクに、投げ込んでおいたのだ。

もし、その車を吊り上げたとき、トランクから落ちなかったら、死体はどうなっただろう？　圧縮機に投げ込まれ、少なくとも、どこの誰ともわからなくなってしまっていたのではないのか。

直子は、わざと、十津川には、声をかけず、幸子を連れて、帰って行った。捜査の邪魔になってはと、思ったのだろう。

「やはり、東京に戻っていたんですね」

と、亀井が、低い声で、いった。

「彼は、伊東みどりのつき合っていた相手を、知っていたんだと思うね」

と、十津川は、いった。そう考えないと、辻褄《つじつま》が合わない。

「その相手に会って問い詰め、逆に殺されてしまったというわけですか？」

「そうだ」

と、十津川は、肯いた。

三田功の死体は、すぐ、解剖のために、大学病院に運ばれた。

午後七時に、その解剖結果が、十津川の手元に届いた。

死因は、後頭部を殴られたことによる陥没のためとある。死亡推定時刻は、八日の午後一時から二時の間だった。

翌日十津川は、沖縄から帰って来た西本たちに、岩本と、浅井の周辺を、徹底的に、洗うようにいっておいて、亀井と、「あずさ17号」に、乗ってみることにした。

十二時四十分過ぎに、新宿駅の4番線に、あがって行くと、その時と同じように、九両編成の「あずさ17号」は、すでに、入線していた。

「三田功と、このホームで、会って、餞別を渡したんだ」

と、十津川は、亀井に、いった。

今日は、土曜日ではないので、八日より、ホームにいる人の数は、少なかった。

二人は、6号車のグリーン車両に、乗り込んだ。

すいていた。

定刻の一三時〇〇分に、「あずさ17号」は、発車した。

「三田功は、どこで、降りたと思うね？　伊東みどりが、どこから乗って来る筈になっていたかということなんだが」

と、十津川は、発車するとすぐ、亀井にきいた。

「立川、八王子に停車しますが、この二つのどちらかじゃありませんか。甲府まで行くと、少し、行き過ぎだと思うんですよ」

「甲府着は一四時三一分か。確かに、少し行き過ぎだね。一時間三十分以上も、待たせるとは、思えないな。甲府で『あずさ17号』に、乗ってくるのなら、甲府で一泊してもいいわけだからね」

「それに、三田功さんの死亡推定時刻もあります。午後一時から二時の間ですから、甲府まで行ったとなると、車内で殺されたことになってしまいます」

「そうだ。それを忘れていたよ」

と、十津川は、頭をかいた。

と、なると、三田功が立川か、八王子で降りたことは、間違いないだろう。

二人は、立川で降りた。新宿を出て、三十分も、たっていない。

（果たして、八日に、三田功は、ここで、降りたのだろうか？）

十津川は、ホームに立ったまま、周囲を見廻したが、答えが、見える筈はなかった。

いったん、外に出て、駅近くの喫茶店に入った。

亀井は、時刻表をテーブルの上に置いて、見ていたが、

「あの列車の立川着が、一三時二三分です。多分、東京の彼女のマンションに電話をかけ、返事がないので、東京に戻ったとします。電話をかけるのに、五、六分は、かかったと思います。二、三回は、かけ直してみたと、思いますから」

「とすると、十三時三十分にはなっているね」

「そのあと、中央線快速で、戻ったと思います。五、六分おきに、電車は出ていますから、一三時三五分には、乗れたとして、新宿まで、中央線快速で、四十一分かかります」

「新宿着は、一四時一六分か」

「死亡推定時刻を過ぎてしまいます」

と、亀井が、いった。

「次の八王子だと、もっと、過ぎてしまうね」

「そうです」

「すると、どういうことになるんだ？　ここで殺されて、犯人は、死体を、豊島園の廃車の中に運んだというわけか？」

「そうなりますね。八王子で殺しても同じでしょう。犯人は、三田功が、東京に戻ったと思わせたくて、そうしたんだと思いますね」

と、亀井が、いった。

「しかし、なぜ、そんなことをする必要があるんだ？」

と、十津川は、いってからちょっと考えて、

「それに、犯人が、ここで、三田を殺したということは、待ち受けていたことになるじゃないか？」

「そうです」

「それは、おかしいよ。犯人は、東京で、伊東みどりに会って、彼女を殺した。そのあと、立川まで駈けつけて、三田を待ち伏せしたことになってしまう。間に合うのかね？　それに、なぜ、待ち伏せしなきゃいけなかったんだろう？」

「伊東みどりが、犯人に今日、あなたに会うことは、三田功に、話してあるとでも、いったんじゃないでしょうか？　『あずさ17号』に乗っていて、立川か、八王子で、乗り込むことになっているともです。そうだとすると、伊東みどりの死体が見つかれ

ば、自分が、疑われると、犯人は、思ったんじゃないでしょうか？　三田功の口も封じなければばならない、そう思って、立川か、八王子に、急いだ。そういうことだと思うんですが、時間的には、間に合いませんね」

と、亀井は、いった。

二人は、運ばれて来たコーヒーを飲んだ。

「どうも、わからないことが、多過ぎるねえ」

と、十津川は、呟いた。

十津川は、コーヒーを飲み終わってから、店の電話で、西本に連絡をとった。

西本たちは、まだ、帰っていなかったので、一時間して、もう一度、かけた。

今度は、西本は、捜査本部に、戻っていた。

「岩本の方も怪しくなって来ました」

と、西本は、いった。

「どう怪しいんだ」

「彼は、恐妻家のくせに、女遊びが好きで、夫婦ゲンカが、絶えないみたいなんです。それで、最近は、仕事にかこつけて、女と会っているようだという噂です」

「なるほどね」

「それに、岩本の性格で、面白い話を聞きました。彼は、欲張りで、自分が、あきてきた女でも、誰かが手を出すと、とたんに、怒り出して、自分から離れるのを許さないというんです。前に、岩本とつき合っていて、彼が冷たくなったので、他に、恋人を作ったら、いきなり殴られたという女性に会って来ました。自分のことを棚にあげてと、怒っていましたが」

「それなら、まだ、惚れている女が、他に恋人を作ったら、大変だな」

と、十津川は、いった。

「そう思います」

と、西本は、いう。

「第二と、第四の土曜日というのは、岩本にとって、何か、意味があるのかね？」

「それなんですが、岩本は、毎週一回、土曜日に、仕事だといって、車で出かけるそうです。チェーン店に、社長として、廻るということらしいんです。彼の知人は、その中の半分くらいは、女のところに行ってるんじゃないかと、いっていますが」

「毎週土曜か？」

「そうです」

「わかった」

と、肯き、十津川はテーブルに戻った。

もう一杯、コーヒーを飲んでから、十津川は、亀井に、今、電話で聞いた話を伝えた。

「どうやら、岩本の方が本命のようですね」

と、亀井が、眼を輝かせていった。

「まだ、断定は出来ないが、岩本犯人で、納得できるものがあればいいと、思うんだよ」

「浅井の方は、独身ですから、第二、第四土曜日が休みといっても、別に、その日に女と会う必要はないわけです。社長だから、いつ、女に会ってもいいわけです。むしろ、休みは、本当に休養したいと考えるんじゃありませんかね」

と、亀井が、いう。

「そうも考えられるね」

「岩本は、毎週土曜日に車で出かけるそうですが、伊東みどりの他に、もう一人女がいて、第一と第三は、その女に会い、第二と第四を、伊東みどりということにしていたんじゃありませんか？」

「恐妻家だから、会う場合も、奥さんには、仕事で出かけていることにしているんだろうね」

「関東地区に、何十店ものチェーン店があるそうですから、社長としてその一店ずつを、毎週、視察するということにしているんじゃありませんかね」

「そして、実際には、女と、会っていたということだね」

「全《まった》く、仕事をしないと、奥さんに、ばれるでしょうから、チェーン店には、顔だけは出しておくんじゃありませんか」

「そうだろうね。岩本にしてみれば、そんな苦労して、会っているのに、自分以外に恋人を作ってと、伊東みどりに、腹を立てたんだろうね。勝手な考えだが、岩本というのは、そんな男らしい」

と、十津川は、いった。

「伊東みどりが、八日に、赤丸と『あずさ17号』の二つを、カレンダーに、書き込んだということは、赤丸の男に、八日には、引導《いんどう》を渡す気でいたのかも知れませんね」

「私も同感だね。四月八日以後には、赤丸はついていないからね。相手と、絶交する気だったんだと思う。そうしておいて、三田功と、信州へ行こうと、考えていたんだろう」

「私は、もう、犯人は、岩本と思いますが、彼は、いきなり、別れるといわれてカッとして、殺したんでしょうね。わがままで、なんでも欲しくなる、惜しくなる性格だそうですから」

と、亀井は、いった。

「三田功も、おぼろげに、知っていたんじゃないかな。もちろん伊東みどりは、お金が欲しくて、相手とつき合っていたとはいわなかったろうが、三田功に、あなたのことだけを、これからは、考えたいから、今日、今までのボーイフレンドに、絶交を宣言して、そのあと、『あずさ17号』に、乗るとは、いったんじゃないかと、思うね」

「三田功は、そのボーイフレンドが、ファストフードのチェーン店を経営している岩本だということは、知っていたんでしょうか？」

亀井は、事件の解決が近いという予感がするのか、眼を輝かせて、十津川にきいた。

「そうだな。男というのは、そういうことは、知りたがるしね。伊東みどりにしても、別れるのだからと思って、かなりのところまで、話していたかも知れないね」

「そうなると岩本が、東京で、伊東みどりを殺したあと、三田功の口を封じるために、立川や、八王子で、待ち伏せしていたと考えるよりも、列車に乗って来ない伊東みどりを心配して、彼の方が、列車を降りて、岩本に会いに行ったと考える方が、正しいかも知れませんね」

と、亀井がいう。

「私も、その方が、自然だと思うが、時間的に、合わないいんじゃないのかね？　三田が、立川で降りて、東京に引き返し、岩本を訪ねていくと、死亡推定時刻を、はみ出すんじゃないのか？」

「はみ出しますね」

「それがクリアできないといけないのか」

と、十津川は、いい、考えをまとめようと煙草に火をつけた。

解剖の結果、三田は、八日の午後一時から二時の間に死亡している。

一三時二三分に、立川で降り、東京の伊東みどりのマンションに電話をかけ、そのあと、中央線快速で、新宿に出て、岩本に会って、問いつめる。楽に、午後三時を過ぎてしまうだろう。

すると、やはり、この立川か、八王子で、岩本が、待ち伏せして、この近くで、三田を殺し、夜になってから、ゆっくりと、死体を、廃車置場に運んだのだろうか？

「カメさん。八王了へ行ってみよう」

と、十津川は、亀井にいって、立ち上がった。

八王子に行けば、何かわかるのか、十津川にも自信がない。

ただ、三田が降りたのが、立川か、次の八王子なら、やはり、八王子へも、行ってみるべきだと、考えたのである。

二人は、店を出て、駅へ向かった。

すでに、午後四時を過ぎている。中央線の快速に乗った方が、簡単だったが、二人は、しばらく待って、一六時二三分発の「あずさ23号」に、乗った。

次の八王子まで、九分である。

乗ったと思うと、すぐ、八王子駅に着き、二人は、ホームに降りた。

「あずさ23号」は、さっさと、走り去ってしまった。

二人は、ホームを、改札口に向かって、歩き出したが、十津川が、突然、立ち止まって、

「カメさん！　あれだよ」

と、大きな声を出した。

「あずさ23号」が走り去って、ぽっかりとあいた空間の向こうに、大きな看板が出ていた。

イワモトフーズ　八王子店

の看板だった。

周囲を圧するような大きな看板だから、いやでも、目立つ。

「八日に、三田功は、『あずさ17号』を、ここで降りて、あれを見たんだよ」

と、十津川は、指さして、いった。

「そして、彼は店へ行ってみたんでしょうか？」

「そう思うね。われわれも、行ってみようじゃないか」

と、十津川は、いった。

10

その夜おそく、十津川と、亀井は、自宅に、岩本良夫を、訪ねた。

「今日、『あずさ17号』に乗って、八王子へ行って来ましたよ。八王子のあなたのチェーン店を、訪ねたんです」

と、十津川がいうと、岩本は、十津川を見返して、

「それがどうかしたんですか？」

「今度の事件の謎が解けたということを、いいたかったんですよ」

と、十津川は、微笑した。

岩本は、半信半疑の顔で、

「本当ですか？」

「本当です。何もかも、わかりました。それを、あなたに話したくて、伺《うかが》ったんです」

十津川は、まっすぐ、相手を見つめて、いった。

「なぜ、私に、話すんですか？」

「それは、あなたが、一番、ふさわしい人間だからです」

「変に、もって廻ったいい方をせずに、はっきりいったら、どうですか？」

と、岩本が、いう。

「とにかく、お話ししますから聞いて下さい」

「私は、いろいろと、忙しいんですがねえ」

「それでも、聞く必要がありますよ」

と、十津川は、押さえつけるように、いった。その語気に、押されたように、岩本は、黙ってしまった。

「事《こと》の起こりは、去年の夏、沖縄で、あなたが、女子大生で、アルバイトに、スキューバ・ダイビングを教えていた伊東みどりに出会ったことです」

と、十津川は、話し出した。

「あなたは、他人《ひと》が欲しがると、無性に何でも欲しがる癖がある。伊東みどりには、東京で宝石店をやっている浅井も熱をあげていた。それであなたは、一層彼女が、欲しくなった。そこで、夏が終わり、東京へ帰ってからも、あなたは、伊東みどりとの関係を続け、シャネルの洋服を買い与えたり、マンションの部屋代を払ってやったりした」

「そんなことはない」

「調べればわかることですよ」

と、十津川は、いってから、

「ところが、最近、伊東みどりには、恋人が出来ました。大学の先輩に当たる三田功です。中央化工に、今年入社した青年です。三田は、松本の支社へ行くことが決まった。そこで、彼は、恋人である伊東みどりの愛を確認したくなったのです。支社へ行く二日前の八日に、一緒に『あずさ17号』で、松本へ行き、二人で、信州の旅を楽しまないかとです。三田にしてみれば、一種のプロポーズだったに違いありません。多分、彼女の方も、それを感じたので、真剣に考え、あなたと、別れる決心をしたんだと思いますね」

「――――」

「あなたは、独占欲の強い人だから、黙って別れれば、何をするかわからない。それで、彼女は、あなたに、きちんと、話をつけようと、考えたに違いありません。問題の八日は、土曜日で、あなたと、デイトの約束がしてあった。あなたは、恐妻家だが、女好きだから、仕事に見せかけて、女とデイトしていた。土曜日ごとに、車で、チェーン店を廻るということでね。八日は、八王子店に行ってくると、奥さんには、いってあったんでしょう。もちろん、ちょっとは、八王子店に顔を出しておかないとまずいから、デイトは、八王子でということになります。伊東みどりは、八王子で、あなたと、話をつけてから、三田功と一緒に『あずさ17号』で、信州に行きたいから、八王子から乗って行くと、彼には、いっておいたに違いないのです」

「――――」

「しかし、三田功は、列車が、八王子に着いても、伊東みどりが、乗って来ないし、ホームにもいないので、あわてて、ホームに降りました」

「――――」

「彼女が、いなかったのは、当然です。八王子で、あなたに会い、きっぱり別れたいという彼女を、あなたは、カッとして、殺してしまっていたからですよ」

「何の証拠がある？」

「まあ、最後まで、聞いて下さい」

と、十津川は、相手を制しておいて、

「あなたは、彼女の死体を、八王子に、投げ出しておくことは出来ない。八日に八王子に、あなたが来ていることが、わかっているからです。奥さんには八王子店へ行くといってあるし、顔も出しているからです。そこで、ベンツのトランクに死体を入れ、夜になったら、東京に運ぼうと考えていた。ところで、八王子で降りた三田功は、途方にくれていたが、ふと見ると、『イワモトフーズ八王子店』の大きな看板が、眼に入った。彼は、伊東みどりから、八王子でファストフードのチェーン店をやっている男と、きっぱり別れてくると、聞いていたので、あそこへ行けば、彼女のことが、何かわかるに違いないと、考えたのです。三田は、急いで、あなたの八王子店へ行き、そこにいた従業員たちに、あなたのことや、伊東みどりのことを、必死になって、聞いたんだと思いますね。違いますか？」

「私は知らん」

「あなたは、それを見ていて、不安になって来たんですよ。伊東みどりが、自分のことを、三田功に、どこまで話しているのかわからないし、八王子で会うことも、話していたかも知れない。それに、彼女の死体が見つかれば、三田功の証言で、自分が、疑われる。あなたは、怖くなった。この男の口も封じてしまわないと危いと思った。そこで、三田に声をかけ、伊東みどりがいるところへ案内するといい、車にのせた。ひと気のないところへ行って、あなたは、いきなり、スパナか何かで、後頭部を殴って、殺してしまったのです」

「――――」

「そのあと、あなたは、伊東みどりと、三田功の死体を、都内へ運びました。まず、三田功の死体を、豊島園近くの空地に野積みされている廃車のトランクに、放り込んだのです。車が圧縮機にかけられ、死体も変形してしまえば、どこの誰かわからなくなると、考えたんでしょう。次に、あなたは、伊東みどりの死体を、中野のマンションに運んで行きました。取り潰《つぶ》しになる筈のマンションです。あのマンションの近くに、あなたのチェーン店の中野店がありますね。だから、あの取りこわしマンションの存在を、前から、知っていたんだと思うのですよ」

「――――」

「あなたは、うまくやったと思ったかも知れないが、一日の中《うち》に、二人も殺してしまったので、あなたは、小さなミスもやってしまった。その一つが、伊東みどりのジーンズのポケットに、『あずさ17号』の切符が入っていたのを、見すごしてしまったことです。それが、われわれに、伊東みどりの死と、三田功の失踪とを、結びつけて、考えさせたのですよ。次は、偶然です。三田功の死体を、トランクに入れた廃車は、吊り上げられたとき、トランクが開いて、中に入っていた死体が、落下してしまったことです。死体が押し潰されてしまっていたら、多分、三田功とはわからず、今でも、行方不明のままだったでしょう。それを考えると、あなたに、ツキがなかったんですよ。もう一つ、あなたは解剖によって死亡推定時刻がわかること、また、三田功が、時刻に正確なJRの列車に乗っていたことを、忘れていましたね。三田功についていえば、あなたは、東京都内に運んで捨てれば、東京で、殺されたと思われると、タカをくっていたんでしょうが、そうは、いかないのですよ。解剖の結果、彼の死亡推定時刻は、午後一時から二時、十三時から十四時の間と、わかったんです。『あずさ17号』に、三田功が乗ったことは、わかっている。とすると、一番手前の立川で降りたとしても、東京に引き返すと、十四時を過ぎてしまうのです。つまり、いくら、あなたが細工をしても、三田功は、自分で、東京へ引き返したことはあり得なくなってしまうのです」

と、十津川は、いった。

岩本の顔が、少しずつ、青ざめてきた。が、それでも、なお、十津川を睨《にら》んで、

「私は、何もしていない。私が、その二人を殺したという証拠があるんですか？　八日には、私は、その二人に、会っていませんよ。チェーン店を、視察して、すぐ、帰ったんです」

と、いった。

「目撃者が出ますよ」

と、十津川が、いった。

「そんなものがいるのなら、呼んで来て貰いたいですね」

岩本が、大声で、いった。

突然、応接室の電話が鳴った。岩本が、受話器を取った。が、不快げに、

「十津川さん、あなたにだ」

と、いった。

十津川は、受話器を受け取り、しばらく、聞いていたが、満足して、電話を切った。

岩本が、不安気に十津川を見ている。その岩本に向かって、

「実は、八王子署に、聞き込みを頼んでおいたのですよ。おかげで、いろいろ、わかりました。八日の午後一時半過ぎに、三田功が、駅の改札口を出て来て、二人の人に、あなたの八王子店に行く道を聞いているんですよ。看板は大きくて、遠くから見えますが、実際に歩くと、よくわかりませんからね。また、あなたが、三田功を、ベンツに乗せるのを見た目撃者も、見つかりました。あなたは、あの店の裏通りで、三田功をベンツに、乗せたんじゃありませんか？　それも、ちゃんと、見られていたんですよ」

「――――」

「電話を、ちょっと、お借りします」

と、十津川は、いい、電話を取ると、科研にかけた。

岩本は、ますます、不安気な顔になっている。

十津川は二、三分で、電話を切った。

「ますます、あなたの立場は、悪くなって来ましたよ」

「何のことだ？」

「私どもの若い刑事が、このお宅を監視していたんです。丁度、今日が、ゴミの日で、大きなゴミ袋を出した。その中から、ベンツのトランクに敷いてあったマットを見つけましてね。それを科研で、調べて貰っていたのです。その結果が出たんですが、男性の毛髪と、血痕《けっこん》が、見つかりました。血液型は、AB型で、三田功と、同じものです。これで、少なくとも、あなたが、三田功の死体を、ベンツのトランクに入れて運んだことは、実証されましたよ」

L特急踊り子号殺人事件

1

午前十一時四十五分。

東京駅の総合指令所に、男の声で、電話がかかった。

「踊り子5号に、爆弾を仕掛けた。間もなく爆発するぞ！　これは、本当だ。早く処置しろ！　このままだと、何人もの乗客が死ぬぞ！」

男の声は、真剣で、切羽《せっぱ》つまっているように聞こえた。

「踊り子5号に、爆弾？　あんたの名前は？」

電話を受けた井上《いのうえ》が、あわてて、きき返した。

「おれの名前なんか、どうでもいいだろう。早く何とかしろ！　死人が一杯出ても、知らないぞ！」

男は、それだけいうと、がちゃんと、電話を切ってしまった。

井上は、蒼《あお》ざめた顔で、責任者の青山《あおやま》を見た。

「どうしたんだ？」

と、青山がきく。

「踊り子5号に、爆弾を仕掛けたという電話です。男の声でした」

「いたずらか？」

「そうは思えません」

「じゃあ、列車を停《と》めるんだ。どっちの踊り子5号だ？」

「どっちの？」

井上は、はっとして、時計に眼をやった。

十一時四十九分になっている。

（そうだ。踊り子5号は、確か、十一時二十五分に熱海に着いたあと、修善寺《しゅぜんじ》行と、伊豆急下田《いずきゅうしもだ》行の二つに分割されるのだ）

そのどちらに、爆弾を仕掛けたというのか？

「どちらかわかりません」

井上がいうと、青山は、

「それなら、すぐ両方を停めて、乗客を降ろし、車内を点検するように、指示するんだ！」

と、怒鳴《どな》った。

三日前、山手線の車内で、網棚の荷物が爆発した。時間が、深夜に近かったのと、小さな爆発だったので、死傷者はなかったが、青山には、そのことが、強く記憶に残っていた。

今は、八月。夏休みで、伊豆の下田や、修善寺に行く行楽客は多い。どちらの踊り子5号も、多分、満席に近いだろう。

もし、本当に爆発があったら、何十人という死傷者が出てしまう。

いたずらかも知れないが、列車を停めて、車内を調べなければならない。

すぐ、連絡がとられた。

2

昭和五十六年のダイヤ改正で、国鉄は、伊豆方面への列車「あまぎ」と「伊豆」を廃止し、代わりに、L特急「踊り子」を登場させた。

もちろん、川端康成《かわばたやすなり》の名作「伊豆の踊子」にちなんだ命名である。このため、国鉄は、新鋭の一八五系列車を投入した。

白い車体に、斜めにグリーンの線が入った一八五系は、踊り子の旗と、赤い円の中に、白ヌキで、「踊り子」と書いたヘッドマークで、有名になった。

このL特急「踊り子」は、東京を出発したあと、熱海で、修善寺行と、伊豆急下田行とに分割される。

午前十時零分東京発の踊り子5号についていえば、十五両編成の中《うち》、1号車から10号車までが伊豆急下田行で、11号車から15号車までの五両が、修善寺行である。

停車して、車内を点検せよという命令が出た時、修善寺行の踊り子5号は、三島田《みしまた》町《まち》駅の直前を走っており、伊豆急下田行の踊り子5号は、伊東に着く寸前だった。

どちらの踊り子5号も、それぞれ、三島田町と、伊東に停車した。

三島田町は、小さな駅である。

三島から、修善寺までは、国鉄ではなく、伊豆箱根鉄道という私鉄の線路である。従って、国鉄とは、相互乗り入れになっていた。

国鉄のL特急「踊り子」が、修善寺まで乗り入れる代わりに、伊豆箱根鉄道の方も、三島から熱海まで、国鉄の線路を走れることになっていた。

三島田町に、五両編成の踊り子5号が着くのは、十一時五十二分である。

駅のマイクが、はぼ満員の乗客に向かって、車内に爆発物が仕掛けられた恐れがあるので、至急、降りて下さいと、叫んだ。

駅員と、車掌が、大声で、乗客に、降りるようにいう。

たちまち、ホームは、降りてきた乗客で一杯になった。

蒼《あお》い顔をしている乗客もいれば、何が何だかわからずに、戸惑っている者もいる。

乗客が降りて、がらんとした車内に、駅員たちが、決死の面持ちで、入って行った。

電話がいたずらではないとすると、いつ爆発するかも知れない。

駅長の佐藤《さとう》も、駅員や、車掌と一緒になって、一両ずつ、見ていった。佐藤は、四十歳。この三島田町の駅長になったばかりである。

「不審な荷物があったら、勝手にいじらずに、私に報告するんだ！」

佐藤は、車内を歩きながら、大声で、怒鳴っていた。

不思議に、怖《こわ》いという感じがないのは、半分以上、いたずらだろうという気持ちがあるからだろう。

「ここの網棚に、ボストンバッグがあります！」

若い駅員が、甲高《かんだか》い声を出した。

13号車の網棚だった。

車掌や、運転手も、13号車に集まってくる。

佐藤は、「むやみに触るなよ」と、彼等にいってから、駅員に、マイクを持って来させた。

ホームでは、乗客が、じっと、成り行きを見守っている。その乗客たちに向かって、佐藤は、マイクを向けた。

「この13号車の網棚に、茶色いボストンバッグを置いた方はいませんか？　心当たりの方は、すぐ、名乗り出て下さい！　真ん中あたりの席です」

「ああ、私だわ」

と、三十七、八歳の女性が、手をあげた。

「間違いありませんか？」

「ええ、私んですよ」

女は、佐藤の傍《そば》へ来ると、車内をのぞき込んで、

「そう。あのボストンバッグですよ。私のだわ」

「じゃあ、持って行って下さい」

佐藤がいうと、女は、車内に入って行き、網棚から、ボストンバッグを引きおろした。

佐藤と、傍にいた駅員たちが、ほっとして、溜息《ためいき》をついた。

12号車、11号車と、見ていったが、別に、不審な荷物は、発見されなかった。

「どうやら、いたずら電話だったようですね」

と、車掌が、いった。

伊東に停車した1両編成の踊り子5号の方でも、同じように、乗客をホームに降ろし、駅員によって、車内の点検が行われた。

こちらは、三島田町に比べると、はるかに、駅が大きく、駅員も多い。

ここまで、踊り子5号を走らせて来た国鉄の乗務員も、ここから、引き継ぐことになっていた伊豆急の乗務員も、車内を捜索した。

両端の車両から調べていった。

こちらの踊り子5号には、グリーン車が二両ついている。

その一両に、駅員たちが入ったとき、乗客は、全員、ホームに降りた筈《はず》なのに、座席の一つに、乗客の頭が見えているのに気がついた。

「なんだ、寝てるのか」

と、駅員の一人は、呆《あき》れたようにいった。

「呑気《のんき》な人がいるな」

もう一人の駅員がいい、二人は、通路を歩いて行った。

他の車両は、全て調べて、爆弾らしきものは、発見されなかったので、二人とも、一時の緊張感はなくなっていた。

グリーン車の前の方の座席である。
四十五、六歳の小柄な男が、窓の方へ寄りかかるような恰好《かっこう》で、腰を下ろしていた。
足元に、ショルダーバッグが置いてある。

「もし、もし、お客さん。ちょっと、起きてくれませんか」

と、駅員が声をかけた。

だが、男は、返事をしない。

「弱ったな」

と、もう一人が呟《つぶや》いてから、「お客さん」と、肩をゆすった。

男の首が、がくんとゆれ、身体は、ずるずると、座席から落ちて、床に崩折れた。

その背中に、ナイフが突き刺さっているのが見えた。

二人の駅員は、一瞬、息を呑んで、立ちすくんでいたが、年長の方が、あわてて、

「誰か来てくれ！」

と、叫んだ。

車掌や、運転手が駈けつけ、鉄道公安官も入って来た。

「殺人だな」

と、公安官が、冷静な口調でいい、死体の傍にあるショルダーバッグに眼をやった。

「この中も、調べた方がいいね。爆弾を仕掛けたという電話があったのは、事実なんだから」

「爆弾が入っているんですか？」

車掌が、蒼い顔できく。

「わからん。君たちは、離れていなさい」

公安官の一人がいい、他の者を、遠ざけてから、仲間の公安官と、黒皮のショルダーバッグを開けてみた。

爆発物は、入っていなかった。

下着や、洗面具、それに、印鑑などが入っていた。

印鑑は二つで、どちらも、「久木《くき》」という姓が彫ってあった。これが、男の名前なのだろうか。

「大丈夫だ！」

と、公安官は、立ち上がって、怒鳴った。

踊り子5号に、爆弾を仕掛けたという電話は、いたずらだった。しかし、その代わりに、中年の男の死体が見つかった。

3

男の死体は、ショルダーバッグと一緒に、ホームに降ろされた。

殺人事件である以上、これからあとは、警察の仕事である。

乗客は、もとのように、十両の車両に乗せられたが、列車は、すぐには、発車しなかった。

静岡県警の刑事がパトカーで駈けつけた。

彼等は、死体のあった4号車のグリーン車の乗客の一人一人に、訊問《じんもん》した。

その指揮に当たったのは、捜査一課の水谷《みずたに》警部である。

指定席や、自由席は、ほぼ満員だったが、グリーン車は、七〇パーセントほどの乗客だった。

水谷たちがきくことは、たった一つだった。

被害者を、誰かが刺すところを見なかったか、被害者に、連れはいなかったかということである。

被害者に、連れはなかった。これは、車掌が、証言した。

問題は、被害者が刺されるのを見た者はいなかったかどうかということである。

誰もが、気づかなかったという。その答えに、水谷は、首をかしげてしまった。

刺されたとき、被害者は、悲鳴をあげた筈である。それに、犯人が刺すのを、誰も見なかったのだろうか？

「多分、あのせいだったと思いますね」

と、車掌がいった。

「何ですか？　それは」

水谷警部が、きいた。

「このグリーン車に、若手タレントの田島久仁男《たじまくにお》が乗っていたんです。あそこにいます」

と、車掌が、小声でいった。

なるほど、隅《すみ》の方の座席に、よくテレビで見る若手のタレントの顔が見えた。マネージャーらしい男が一緒で、不安気に、こちらを見ていた。

「彼が、どうかしたんですか？」

　水谷は、わけがわからずに、きいてみた。

「実は、7号車と、8号車に、夏休みに、臨海学校へ行く高校生が、集団で、乗っていまして――」

「それなら、さっき、見ましたよ」

「下田へ行く連中でしてね。彼等が、田島久仁男が、このグリーン車にいると気づいてから、大変でした。次々にグリーン車へ押しかけて来ましてね。サインをねだるし、一緒に写真を撮《と》ってくれというし、勝手に、写真を撮ったりです。通路は、彼等で一杯になってしまうし、女の子は、押されて、倒れて、悲鳴をあげるわで、大変でした。だから、他の乗客は、あの人が刺されたのに気がつかなかったんじゃないかと思うのです」

「その混雑は、いつ頃まで、続いたんですか？」

「そうですね。熱海近くまで、続いたんじゃなかったかな。車内放送で、何度か注意して、やっと、引き揚げたんですから」

　車掌は、肩をすくめるようにしていった。

犯人は、恐らく、その混乱に乗じて、殺したのだろう。

一応、4号車の乗客の名前と、住所、電話番号を聞き、それをメモしたあと、水谷たちは、列車をおりた。

伊豆急下田行の踊り子5号は、一時間近くおくれて、伊東駅を発車した。

死体は、所持品と一緒に、静岡県警本部に運ばれた。

被害者が、身につけていたのは、麻の混紡のクリーム色の背広、オメガの腕時計、手帳、プラチナの指輪、十八万円入りの財布、シェーファーの万年筆、それに、同じ名前の名刺が二十枚、名刺入れに入っていた。

〈久木クレジット社長　久木庸三《ようぞう》〉

名刺には、そう印刷されている。会社の住所は、東京都新宿区になっていた。

ショルダーバッグには、「久木」という印鑑が二つ入っていたから、この久木庸三というのが、被害者の名前であろう。

手帳には、やたらに、数字が書き込んであった。

個人名や、会社の名前のあとに、数字が書いてある。どうも、それは、金額らしいのだが、はっきりしない。

「久木クレジット」というのが、サラ金会社の名前だとしたら、手帳の数字は、相手に貸した金額ということになるだろう。

水谷の注意を引いたのは、手帳に書かれた名前と数字の中の、次の文字だった。

〈伊豆下田　旅館「はまゆう」三〇〇〇〉

三〇〇〇というのは、三千万円ということだろう。

この旅館へ行くために、踊り子5号に乗っていたのなら、辻褄《つじつま》が合うし、久木は、伊豆急下田までのグリーン車の切符を持っていたのである。

水谷は、久木庸三の身元確認を、東京警視庁に依頼し、解剖《かいぼう》を大学病院へ頼んでから、部下の鈴木《すずき》刑事を連れて、下田へ行ってみることにした。

新幹線の「こだま」で、熱海へ出て、ここから、伊豆急下田行の踊り子17号に乗った。

殺人事件が起きたため、一時、ダイヤが混乱していたが、すでに、正常に戻っていた。

下田に着いたのは、十七時十九分である。

駅のホームには、伊豆急の電車も入っている。

国鉄の白とグリーンの踊り子号と、私鉄の、濃いブルーと淡いブルーのツートンカラーの車体が並んでいるところは、いかにも、相互乗り入れの感じがする。

夏休みに入ったので、下田の町は、若者で溢《あふ》れていた。サンダルばきで、サングラス姿の若い男女が、ぞろぞろと歩いている。

水谷は、駅前の派出所で、「はまゆう」という旅館の場所をきいた。

派出所にいた若い警官が、歩いて、案内してくれた。

下田港に流れ込む稲生沢《いのうざわ》川の河口近くに、何軒かの旅館が並んでいる。「はまゆう」は、その中の一軒だった。

「その旅館について、何か、噂《うわさ》を聞いていないかね？」

と、水谷は、歩きながら、警官にきいた。

制服姿の警官は、首筋の汗を拭《ふ》きながら、

「経営が思わしくなくて、ずいぶん、借金をしているという噂です。それも、銀行からだけでなく、高利の金を借りているということで、三十年間やって来た旅館も、おしまいじゃないかといわれているようです。狭い町ですから、そういう噂は、すぐ、伝わりますから」

「経営者は、どんな人かね？」

「若い未亡人ということですよ」

そういって、若い警官は、ニヤッと笑った。一緒に来た鈴木刑事が、

「どうやら、美人らしいな」

「そうです。二度ばかり見ましたが、美人ですよ」

と、警官は、肯《うなず》いた。

「はまゆう」は、木造二階建ての旅館だった。古いが、がっしりした造りで、土地は、三百坪ぐらいはあるだろう。

団体客が泊まっているのか、近づくと、賑《にぎ》やかな声が聞こえてくる。

浴衣《ゆかた》姿の若いカップルが、下駄ばきで出て来るのと入れ違いに、水谷と鈴木は、玄関に入って行った。

中年の女中が忙《せわ》しげに歩き廻っていた。その女中を呼び止めて、警察手帳を見せた。女中は、いったん奥に引っ込んでから、水谷たちを、招じ入れた。

若い笑い声が、二階から聞こえてきたりする。

一階奥の六畳で、水谷は、経営者の君島由紀《きみしまゆき》に会った。

まだ三十代前半の美しい女性である。

着物姿で、きちんと正座し、丁寧《ていねい》に頭を下げて、

「君島でございます」

と、いう。くびの細い、どこか頼りなげな色白の美人だけに、

(男好きのする女だな)

と、水谷は、思った。未亡人なら、なおさらだろう。

「どんなご用でしょうか？」

由紀は、じっと、水谷を見た。大きな眼だが、こういう見つめ方をするのは、近眼かも知れない。

「久木クレジットの久木庸三という男を知っていますか？」

「久木さん？　存じておりますけれど、その方が、何か？」

「死にました。この下田へ来る途中の列車の中で殺されました」

「まさか――そんな――」

由紀は、絶句した。

「事実です。久木クレジットから、借金をされていますね？」

「いいえ」

由紀が、きっぱりと、否定した。

「三千万円借金しているんじゃありませんか？」

「一年前に、どうしても必要で、お借りしたことはありましたわ。でも、先月、全額、返済致しました」

「本当ですか？」

「はい。私が、東京に参りまして、返済しました」

「すると、久木さんは、何をしに、ここへ来ようとしていたんでしょうね？」

「さあ、私にもわかりませんけど、前に、ここにいらっしゃったことがあって、大変、お気に入られたようでしたから、また、いらっしゃったのかも知れませんわ。海釣りがお好きな方でしたから」

「というと、舟をお持ちですか？」

「はい。小さな漁船ですけど、一艘《そう》、持っておりますわ」

「久木さんは、誰かの紹介で、お知りになったんですか？」

「確か、私どもにお見えになったお客様の紹介だったと思いますわ」

「三千万円を返却したという証拠は、お持ちですか？」

水谷がきくと、由紀は、眉《まゆ》を寄せて、

「私が、疑われていますの？」

「いや、そんなことはありませんが、われわれとしては、殺人の動機を探しているわけです。被害者が、サラ金業者ということで、借金が、動機ではないかと考えているわけです。もし、あなたが、返済したということがわかれば、一歩、前進するわけです」

「返済したとき、領収証は頂きませんでしたけれど、こちらの借用証は、返して頂きました。それを、お見せしますわ」

由紀は、自分の背後《うしろ》にある簞笥《たんす》の引出しを開け、茶封筒を取り出して、水谷の前に置いた。

水谷が、中身を出してみた。

「はまゆう」の経営者君島由紀と、久木クレジットの間で取り交《かわ》された三千万円の借用証である。

担保は、この旅館の建物と、三百坪の土地になっている。取り交された日時は、彼女のいう通り、一年前の七月二十五日になっていた。

一年返済で、年利は三六・五パーセントとなっている。こうした融資の場合では、あながち、高利とはいえないだろう。

「これを、お借りして構いませんか？　もちろん、すぐ、お返しします」

と、水谷はいい、自分の名刺の裏に、借用証を借りた旨《むね》を書いて、由紀に渡した。

由紀は、玄関まで、水谷たちを送って来た。

「早く、犯人が捕まると良うございますわね」

と、彼女が、いった。

4

東京警視庁では、静岡県警の要請を受けて、被害者久木庸三の身辺を洗うことになった。

担当したのは、捜査一課の亀井と桜井《さくらい》の二人の刑事である。

二人は、まず、久木クレジットの新宿にある東京本社を訪ねてみた。

本社といっても、西新宿のビルの一角を使った、従業員十二人の事務所である。

すでに、社長の死んだことが伝えられていて、何となく、騒然としていたが、それでも、窓口には、十万、二十万の金を借りに来る人が絶えない。

〈ご活用下さい。久木クレジット〉

〈あなたの生活を、久木クレジットがお助けします〉

〈上手に借りて、上手に返済〉


そんな文字が、壁に貼《は》られている。

亀井たちは、死んだ久木庸三の甥《おい》で、副社長である原田久夫《はらだひさお》という三十二歳の男に会った。

「これから、静岡県警へ行って来ようと思っているところです」

と、原田は、当惑した顔でいった。

疲れた顔をしているのは、心労のためだろうか。

「その静岡県警から連絡がありましてね。久木さんは、下田の『はまゆう』という旅館に行く途中ではなかったかというのですが、心当たりはありませんか？」

と、亀井が、きいた。

若い女事務員が、冷たい麦茶を出してくれた。

「伊豆の下田へ行ってくるとはいっていました」

「その旅館に、三千万円を融資していたらしいというのですが、間違いありませんか？」

「それが、五百万以上の大口は、社長が、ひとりでやっていたので、われわれには、わからないのです」

「しかし、あなたは、副社長でしょう？」

「うちは、叔父のワンマン会社ですからね。私は、一応、副社長ということになっていますが、肩書きだけで、平社員と変わりはありません」

原田は自嘲《じちょう》してみせた。

「借用証は、あるでしょう？」

「調べてみましょう」

原田は、いったん席を立ち、奥へ入って行ったが、やがて二十通近い借用証を持って、戻って来た。

「これが、社長の机に入っていたもので、全て、大口です。しかし、『はまゆう』という旅館の分は、ありませんね」

と、原田はいう。

亀井と、桜井が、一通ずつ調べてみた。

原田のいう通り、五百万円以上の大口のものばかりである。

その中には、亀井の知っている有名タレントの名前などもあって、桜井と、顔を見合わせたりした。

なるほど、旅館「はまゆう」のものはない。

「すでに、返済したから、借用証がないんですかね？」

「そうかも知れません」

「或いは、向こうが、今日、全額を返済するというので、久木さんが、借用証を持って、出かけたということも考えられますね？」

「そうですね。肝心の社長が亡くなってしまったので、大口の件については、よくわからないのですよ」

原田は、ぶぜんとした顔になった。

「失礼ですが、社長さんは、女好きでしたか？」

亀井がきくと、原田は、すぐには返事をしなかったが、

「どうせ、わかることだからいいますが、どうも、女には、だらしのない方でしたね。銀座のホステスや、ちょっと有名なモデルなんかと問題を起こして、私が、その尻ぬぐいをやらされたこともありますよ」

と、いった。

「貸したお金の取り立ては、きびしい方でしたか?」

「そりゃあ、こういう仕事をしているんですから、お客様に、返して頂かないと、うちが潰《つぶ》れてしまいますよ」

と、原田は、笑った。あまり、叔父の死を悲しんでいるようには、見えない。

(ひょっとすると、この男が、犯人ではないのか?)

と、亀井は、思ったくらいだった。

「奥さんは、どんな人ですか?」

「叔父のですか?」

「そうです」

「二年前に別れていますよ。今いったように、叔父は、女にだらしがなかったですからね。それが、原因です」

「社長の個人資産は、厖大《ぼうだい》なものでしょうね? ワンマン会社だったようだから」

「そうですね。億単位の財産であることは、間違いありませんね」

「奥さんがいないとすると、その遺産は、あなたが、引き継ぐわけですか?」

「ええ。まあ」

と、いってから、原田は、急に険《けわ》しい表情になって、

「私は、叔父を殺したりはしませんよ」

「別に、そんなことは考えていませんよ。ただ、亡くなった社長さんの財産のことを考えただけです。社長さんに、兄弟は、いないんですか？」

「いません」

「そうですか」

そうだとすれば、ますます、この男が、強い動機を持っていることになるではないか。

「今日は、ずっと、ここに居られたわけですか？」

亀井がきくと、原田は、また、顔をしかめて、

「やはり、私を、容疑者だと見ているんですね」

「社長さんは、午前十時零分東京発の踊り子5号のグリーン車に乗って、伊豆急下田に向かったと思われます。そして、午前十一時五十五分頃、死んでいるのを発見されました。出来れば、十時から、十二時まで、どこにおられたか、説明して頂きたいですね」

「二時間もですか。店は、午前九時に開きますから、私は、ちゃんと、九時には、出社しましたよ。そのあとは、外廻りをしていましたね」

「何時までですか？」

「三時頃までですかね。ついさっき、帰って来たところです」

「外廻りというと、督促《とくそく》のようなことですか？」

「まあ、そうですね」

「すると、相手がいるわけだから、何人かの人に会っているんじゃありませんか？」

「そうなんですが、向こうから、きっちりと返済してくれていれば、何も、われわれが、督促に廻る必要はないんです。ですから、行っても、留守の人が多いんですよ。返したくないから、逃げているんです。そういうわけで朝から今まで歩き廻って、一人にしか会えませんでした。ええと、名前は新井冴子《あらいさえこ》。クラブのホステスです。住所は――」

原田は、手帳を見ながらいった。

亀井は、それをメモした。

「この女性に会ったのは、何時頃ですか？」

「十一時半頃だったと思いますね。彼女に会って、確かめて下されば、はっきりしますよ」

5

夜に入って、亀井たちは、警視庁へ戻った。

「原田には、一応アリバイがありました。今日の午前十一時半頃に、下高井戸《しもたかいど》のマンションに住む新井冴子という女に会っています。貸金の取り立てに行き、十万円、彼女が払ったと証言していました」

と、亀井は、十津川警部に報告した。

「十一時半に、東京で、客に会っていたのでは、久木を殺せないな」

と、十津川は、肯いてから、

「一応というのは、何だい？」

「この女ですが、三十九歳で、水商売に入って、十五年という、海千山千の女でしてね。原田に頼まれて、偽証していることも、考えられるんです」

「カメさんでも、相手の顔色は、読み取れなかったかね？」

「駄目ですね。一見、本当のことを喋《しゃべ》っているとしか思えないんです。ああいう女は、苦手《にがて》ですよ」

「静岡県警から、被害者の解剖結果がわかったといって来たよ。死亡推定時刻は、午前十一時から十二時の間だということだ」

「やはり、踊り子5号に乗ってから、殺されたということですね」

「面白いことが、一つある。胃の中の内容物を調べたところ、コーヒーと、睡眠薬を飲んだらしいことがわかったというんだ」

「コーヒーと睡眠薬ですか？」

「多分睡眠薬の入ったコーヒーを飲んだんだろう」

「あるいは、飲まされたかですね」

「車掌の証言によると、検札に行ったとき、被害者は、ひとりで座席にいて、黒いコーヒーポットから、コーヒーを注《つ》いで飲んでいたそうだ。しかし、死体で発見されたとき、そのコーヒーポットは、なかった」

「犯人が、持ち去ったということですね」

「そうだろうね。つまり、久木庸三は、睡眠薬で眠っているところを、犯人に刺し殺されたことになる。だから、抵抗もしなかったし、悲鳴もあげなかったんだろう。静岡県警も、そう考えている」

「今度の事件で、一つ、気になることがあるんですが」

亀井が、改まった口調でいった。

「わかってる。殺人と、踊り子5号に爆弾を仕掛けたという電話の関係だろう？」

と、十津川が、いった。

「そうです。結果的には、いたずら電話だったわけですが、もし、その電話がなかったら、列車が、終点の下田へ着くまで、被害者が死んでいることは、わからなかったと思いますね。殺人犯にとっては、その方が、逃げるチャンスが大きいわけですから、常識的には、両者は、別人と考えるべきでしょう」

「その点は、同感だが、念のために、時刻を順番に書き抜いてみた」

と、十津川は、黒板を、指さした。

十時零分　　踊り子5号東京出発。
十時十五分頃　　検札。車掌は、被害者が、コーヒーポットからコーヒーを飲んでいるのを目撃。
十一時二十五分　　熱海着。ここで、伊豆急下田行と、修善寺行に分割。
十一時三十一分　　下田行発車（十両）。
十一時三十三分　　修善寺行発車（五両）。

十一時四十五分　東京駅総合指令所に男から電話。電話の応答約四分間。
十一時五十一分　停車指令が出る。
十一時五十二分　修善寺行の踊り子5号が、三島田町で停車。車内の点検開始。
伊豆急下田行の踊り子5号が、伊東で停車、車内の点検開始。
十二時二十六分　伊豆急下田行の踊り子5号グリーン車（4号車）の中で、死んでいる久木庸三発見。
十二時三十分　修善寺行踊り子5号が、三島田町を発車。
十三時五分　伊豆急下田行踊り子5号が、伊東を発車。

「この時刻は、国鉄さんだけあって、正確だそうだ」

「犯人が、問題のグリーン車に乗っていたと考えるのが、普通でしょうが――」

「静岡県警から、グリーン車に乗っていた乗客三十四名の名前と住所を、ファクシミリで送って来ているよ」

「その中に、犯人がいると、お考えですか？」

「大部分が、東京の人間なので、一応、こちらで調べることになるが、この三十四名は、伊東駅で、死体が見つかってから、調べたものだからね。犯人は、その前に、殺して、降りてしまっているかも知れないし、グリーン車以外に乗っていたかも知れない」

「その方が可能性が強いですね。殺したあとも、同じ車両に乗っている方が、不自然ですよ」

それでも、三十四名の乗客のうち、照会のあった東京が住所の者については、手分けして、調査することになった。その中に、殺された久木庸三と関係がある者がいないかどうかについてである。

そのうち、五人は、サラ金から借金をしていたが、久木クレジットからではなかった。翌日一日かかって、七名の刑事が走り廻ったのだが、結果は、容疑者ゼロということになった。

「こうなると、やはり、原田という男が、気になって来ます。動機は、十分ですからね」

亀井が、いった。

「その前に、これを聞いてみてくれないか」

十津川は、カセットテープを取り出した。

「何ですか？　それは」

「国鉄の東京駅総合指令所から、借りて来たものさ」

「というと、例のいたずら電話ですか？」

「最近、そういう電話が多くなったので、自動的に、録音されるようにしてあるそうだ。問題の電話も、ちゃんと、録音されている」

十津川は、テープを、テープレコーダーにかけて、再生スイッチを入れた。


――踊り子5号に、爆弾を仕掛けた。間もなく爆発するぞ――


男の声が、スピーカーから聞こえてくる。

「警部」

と、亀井が、顔色を変えて、

「原田の声によく似ていますよ」

「原田という男は、こんな声をしているのか？」

「そうです。よく似ています。念のために、電話口に出してみましょう。そうすれば、きっと、はっきりすると思います」

亀井は、電話機に、テープレコーダーを接続しておいてから、久木クレジット本社のダイヤルを回し、原田を呼び出した。

「昨日は、いろいろと、捜査に協力して頂きありがとうございました」

「いや、市民として、警察に協力するのは、当然ですよ」

そんな会話をしてから、亀井は、電話を切り、その録音したテープを、再生してみた。

「確かに、よく似ているね」

と、十津川は、いった。

「そうでしょう。電話の犯人は、原田かも知れませんよ」

亀井が、勢い込んでいった。

しかし、十津川は、逆に、当惑した顔になって、

「カメさんは、殺人犯と、電話の犯人は、別人だという説じゃなかったのかい？」

「そうでしたね。原田が、電話の犯人だとすると、殺人犯の可能性は、うすくなりますね。殺人犯が、死体を早く発見させるために、爆弾を仕掛けたなどと電話するのは、不自然ですから」

亀井も、急に、元気がなくなってしまった。

「それに、もし、原田が、いたずら電話の犯人とわかっても、せいぜい執行猶予《ゆうよ》つき

で、三ヵ月くらいの刑だろう」

「多分、そんなものでしょう。私は、彼が、久木庸三を殺した犯人でもあると思っているんです」

「それなら、昨日の十一時半に、原田に会ったという女に、もう一度、会って来たまえ。少し脅《おど》かせば、本当のことをいうかも知れんよ。海千山千なら、かえって、利害で、ころりと変わる可能性があるんじゃないかな」

と、十津川は、亀井を、励ました。

亀井は、ひとりで、下高井戸に出かけて行った。

新井冴子のマンションを訪ねると、彼女は、露骨に、嫌な顔をした。

「また、あなたなの。昨日のことに、何も付け加えることはないわ」

と、冴子は、いう。

亀井は、昨日は、おだやかに質問したのだが、今日は、わざと、高圧的に出てみようと思った。十津川もいったように、その方が、こういう女には、利き目があるかも知れない。

「間もなく、原田を逮捕する」

と、亀井は、いきなり、いった。

「え？」

と、冴子が、びっくりした顔になるのへ、亀井は、追い打ちをかけるように、

「殺人罪でだよ。証拠もあがっている。そうなると、君の立場は、極めて悪いものになるね。偽証罪で、逮捕しなきゃならん」

「嘘《うそ》なんでしょう？」

「何がだ？」

「原田さんが逮捕されるってことよ。嘘なんでしょう？」

眉を寄せて、冴子がきいた。亀井は、効果が出て来たなと思いながら、

「逮捕状は、もう出ているんだ。君の逮捕状も、申請してある」

「困ったわ。刑務所に行くなんて、ごめんだわ」

「それなら、正直に話すんだな。そうしてくれれば、昨日の偽証は、忘れてやるよ。どうするんだ？　おい」

亀井は、あくまでも、高圧的に出た。

冴子の顔色が、次第に、蒼ざめてきた。

「刑務所に入るのは、君ぐらいの年齢《とし》になると、辛《つら》いんじゃないのかね」

亀井が、追い打ちをかけると、とうとう、冴子は、眼を伏せてしまった。

「原田さんが悪いのよ」

「やっぱり、頼まれて、嘘をついたんだな？」

「お金を借りてたから、仕方がなかったのよ」

「じゃあ、昨日の午前十一時半には、原田は、ここへ来なかったんだね？」

「ええ。昨日の五時過ぎだったわ。突然、電話が掛かって来て、これから、警察が行くから、午前十一時半に、借金の督促に来たといってくれ。そういってくれれば、残りを、全て帳消しにするというのよ。まだあと、百万円近く、返さなきゃならないことになっていたから、引き受けちゃったの。本当のことをいったんだから、偽証罪にはならないんでしょう？」

「原田の前でも、それをいえるかね？」

「もちろん、いえるわよ。電話で頼まれたことをいってやるわよ。その代わり、残りを返さなきゃならないけど」

「電話を借りるよ」

亀井は、居間にある電話を借りて、十津川に連絡を取った。

「やっぱり、嘘でしたよ。原田は、昨日の十一時半に、東京にはいなかったんだと思いますね。借金を帳消しにするからと、嘘の証言をさせたんです。アリバイはありません」

「それじゃあ、原田久夫を、呼ぶ必要があるな」

「彼が、犯人ですよ」

亀井は、自信を持って、いった。

6

十津川は、重要参考人ということで、被害者の甥、原田久夫を、警視庁に連行した。

「あなたのアリバイが、消えましたよ」

と、十津川は、おだやかにいった。

原田は、不審そうに、

「何のことかわかりませんね」

「とぼけなさんな。あんたが、事件の日の午前十一時半に、下高井戸のマンションで会っていたというホステスの新井冴子は、あんたに頼まれて、嘘をついていたことを認めたんだ」

亀井が、横から怒鳴った。

「どうですか？　彼女を、ここに連れて来て、対決させましょうか？」

十津川が、きいた。

原田は、黙っている。

ふいに、原田は、両手を、テーブルについて、

「申しわけありません」

と、頭を下げた。

「じゃあ、踊り子5号の中で、社長の久木庸三をナイフで刺し殺したことを認めるんだな？」

亀井が、満足そうにいった。

「いいえ。とんでもない。私は、社長を殺したりはしません」

原田が、頭をあげていった。

亀井は、むっとした顔になって、

「じゃあ、どこにいたというんだ？　いってみろ！」

「実は、あの日、私も、踊り子5号に乗っていたんです。いえ、いえ。社長が、乗っているなんて、全く知りませんでした。私は、修善寺行の方へ乗っていましたから」

「修善寺行？　何しに、修善寺へ行ったんですか？」

十津川は、伊豆半島の地図を思い浮かべながら、原田にきいた。

原田は、額に手をやり、ニヤッと笑ってから、

「つき合っている女がいましてね。彼女の家が、修善寺にあるんですよ。まあ、一度、彼女の両親にも会っておく必要があると考えて、あの日、踊り子5号で、彼女と、修善寺へ行ったんです」

「嘘じゃないでしょうね？」

「本当です。この期《ご》に及んで、嘘はつきませんよ」

「彼女の名前は？」

「日下今日子《くさかきょうこ》です。女子大生ですよ」

「ほう。学生さんですか」

「夏休みで、修善寺の家に帰るというのへ同行したんです。今も、修善寺の家にいると思いますよ。駅の近くで、『くさか』という土産物店をやっている家です」

「なぜ、最初から、本当のことを話してくれなかったんですか？」

十津川が、きくと、原田は、肩をすくめて、

「私には、動機がある。叔父には、家族がないから、死ねば、その莫大《ばくだい》な財産は、私のものになるからですよ。そんな私が、事件の日、同じ列車に乗っていたといったら、

それこそ、私が殺したと決めつけられてしまう。それが怖かったから、嘘をついたんです。彼女に迷惑をかけても悪いと思いましたしね」

「あなたのいうことが、本当かどうか、調べさせて貰いますよ」

「どうぞ。調べて下さい」

原田は、神妙な顔で、いった。

十津川は、すぐ、静岡県警の水谷警部に電話して、修善寺の「くさか」にいる日下今日子という女子大生を、訪問して貰うことにした。

電話を切って、十津川は、時刻表に書いてある列車編成図を、黒板に書き写した。

「このどの車両に乗ったわけですか?」

と、十津川は、振り返って、原田に、きいた。

原田は、黒板のところまで歩いて来て、

「修善寺行の12号車です。急に行くことになったので、指定席が取れなくて、自由席にしたわけです。夏休みで、混んでいて参りましたよ」

「久木さんが乗っていたのは、4号車のグリーンです」

「そうだそうですね」

「もちろん、東京駅から、終点の修善寺まで、日下今日子という女子大生と一緒だったんでしょうね？」

「もちろんです。三島田町で、急に、ホームにおろされて、爆弾が仕掛けられているらしいといわれた時には、びっくりしましたよ」

「それから、どうしたんですか？」

「修善寺へ着いてから、彼女の家へ行こうと思ったんですが、社長に、休むことをいわずに来たので、会社へ電話したんです。そしたら、社長が死んだと聞きましてね、あわてて、会社へ戻ったわけです。そのあとですが、そこの亀井刑事さんに、会社で、お会いしたのは」

「本当に、社長の久木さんが、同じ踊り子5号に乗っているのを知らなかったんですか？」

「ええ。全く知りませんでしたね。それに、社長が乗っていたのは、4号車で、私と彼女が乗ってたのは、12号車ですよ」

「しかし、同じ列車だ。通路を、4号車まで歩いて行って、殺すのは、簡単じゃないか」

　横から、亀井が、いった。

　原田は、皮肉な眼付きになって、亀井を見た。

「あなたは、踊り子号に乗ったことがありませんね？」

「それが、どうしたんだ？」

「伊豆急下田行の十両と、修善寺行の五両とは、連結されていますが、通路を歩いて、渡って行けないんです。接続部分の10号車と、11号車は、運転席のある車両で、貫通式になっていないんですよ。だから、通り抜けられないんです。残念ですが」

「間違いありませんか？」

と、十津川が、きいた。

「嘘だと思うのなら、東京駅へ行って、乗ってみて下さいよ。だから、時刻表のこの図は正確さを欠いていますね。正確には、こうなるんです」

原田は、チョークをとって、次のような列車編成図を書いた。

「この通り、10号車と11号車の間は、切れているんです。だから、修善寺行の12号車に乗っていた私に、伊豆急下田行の4号車の社長が殺せるわけがないじゃありませんか」

原田は、怒ったような声でいった。

「そんなことはないだろう」

と、亀井が、いった。

「なぜですか？」

「踊り子5号は、東京駅から、ノンストップで、下田と、修善寺へ行くわけじゃない。途中で、いくつかの駅に停車するんだ。みたまえ」

　と、亀井は、時刻表を示して、

「踊り子5号は、東京を出たあと、品川、川崎、横浜、大船、小田原、湯河原、熱海に停車する。例えば、大船で、伊豆急下田行の方へ乗りかえて、グリーン車に行って、久木さんを殺し、次の小田原で、また、12号車に戻ることだって出来た筈だよ」

「冗談じゃない。日下今日子が、ずっと、私と一緒にいたんですよ。それにですよ、私が、あなたのいうように、大船で、前方の車両に乗りかえて、社長を殺したとしましょう。そうした場合、次の小田原まで、逃げられないということですよ。もし、小

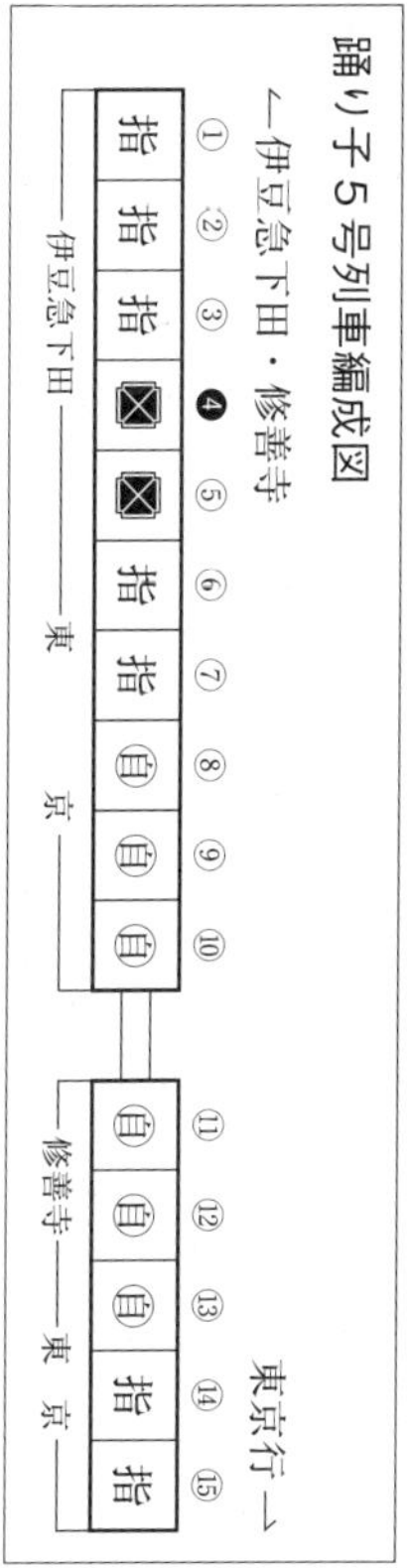

田原へ着くまでの間に、社長が死んでいるのが発見されたら、たちまち、私が捕《つか》まってしまうじゃありませんか。そんな馬鹿なことを、誰がやるんですか？」

原田は、肩をすくめて見せた。

7

静岡県警の水谷は、鈴木刑事を連れて、修善寺駅前の「くさか」という土産物店に足を運んだ。

奥へ通され、日下今日子という女子大生に会った。

母親が、かき氷を出してくれた。

今日子は、背の高い、細面《ほそおもて》の娘だった。学生らしく、水谷の質問に、はきはきと、答えてくれた。

「ええ。原田さんとは、つき合ってる。面白い人だし、気前がいいわ」

と、今日子が、いった。

「彼は、あなたと一緒に、八月十三日に、踊り子5号で、修善寺まで行ったといっているんです。それに間違いありませんか？」

水谷は、氷いちごを口に一さじ入れてから、きいてみた。

「ええ。踊り子5号に一緒に乗ったわ」

「何号車でした？」

「12号車の自由席。だいぶ混んでたわ。座席が一つしかとれなかったんで、交代で座って来たのよ」

今日子は、楽しそうにいった。

「修善寺まで、彼は、ずっと、あなたと一緒でしたか？」

「ええ。一緒だったわ。だって、修善寺まで一緒に来たんだもの」

「途中で、爆弾騒ぎがあったのを覚えていますか？」

「ああ、あの時ね。覚えてるわ。三島田町で、突然、ホームに降ろされちゃったの。大混乱だったわ」

「その時も、原田さんは、一緒にいましたか？」

「ええ。なかなか、列車が走り出さないんで、二人で、タクシーで、修善寺まで行こうかって話し合ったのも覚えてるんですもの。ああ、そちらの刑事さんも、氷いちご食べて下さい」

と、今日子は、鈴木刑事にいった。

「席が一つしかなかったといいましたね？」

水谷は、もう一度、確かめた。

「ええ。とても混んでたから」

「交代で、腰を下ろした？」

「ええ。でも、彼は優しいから、私が、ほとんど、座ってましたけど」

「東京から、修善寺に着くまで、ずっと、彼と、お喋りしてたわけですか？」

水谷がきくと、今日子は笑って、

「ずっとじゃないわ」

「じゃあ、五、六分間、原田さんがいなくなっていたということもあったんじゃありませんか？　ずっと、お互いがいることを確認していたわけじゃないでしょう？」

「そりゃあ、彼がトイレに行った時なんかは、傍にいなかったけど、それは、当たり前でしょう？」

「その時、原田さんは、トイレに行ってくると、あなたに断ってから、行ったんですか？」

鈴木がきいた。

今日子は、また笑って、

「いちいち断らなくたって、ああ、トイレに行ったんだくらいわかるわ」

「あの日の踊り子5号で、久木庸三という人が、殺されていたというニュースを、聞きましたか？」

「テレビで見たわ」

「被害者は、原田さんの叔父で、久木クレジットの社長です」

「そうなんですってね」

と、今日子は、肯いてから、急に、「ああ」と、いった。

「原田さんに、殺人の疑いがかかってるのね？」

「正直にいえば、そうです。彼は、あなたと、ずっと一緒だったから、社長は殺せないといっているんですよ」

「それは、本当だと思うわ。殺された人は、4号車にいた人でしょう。私と、彼は、12号車で、通路を歩いて4号車へ行けないんだから、無理だわ」

「修善寺へ着いてからは、どうしたんですか？」

「原田さんが、会社に無断で休んだので、一応、電話してみるといったの。電話したら、顔色を変えて、急用が出来たから、帰らなくちゃならないって。それで、また、東京へ帰って行ったわ。その時は、何があったのか、わからなかったんだけど、社長さんが、死んだっていわれたのね」

「東京で、一緒に踊り子5号に乗ってから、修善寺へ着くまでですが、原田さんの様子に何か変わったところは、ありませんでしたか？」

「そうねえ」

今日子は、大きな眼で、天井を見上げていたが、急に、ニヤッと笑った。

「原田さんが、意外にケチだってわかったわ」

「それは、どういうことですか？」

「それが面白いの。よく、網棚なんかに、読み捨ての週刊誌が置いてあるでしょう。原田さんたら、あれを拾って読んでるのよ」

今日子は、また、クスッと笑った。

水谷は、そんなことかと、多少、がっかりしながら、

「彼が、網棚から拾うところを見たんですか？」

「そこは見てないけど、三島田町で、爆弾さわぎがあったでしょう。あの時、彼が、週刊誌を持ってたの。爆弾さわぎがおさまって、列車が動き出してから、その週刊誌を読んでたわ」

「東京駅で乗るときは、持ってなかったんですか？」

と、鈴木刑事がきいた。

「ええ。持ってなかったわ」

「それなら、途中で買ったんじゃないんですか？」

「三島田町で、爆弾さわぎがあるまで、途中で降りなかったわ。週刊誌の車内販売もなかったしね。だから、あれは、網棚から拾ったんだわ」

「三島田町で降ろされたとき、買ったんじゃありませんか？」

「爆弾で、大さわぎしている時に？」

「そういえば、そうですね。何という週刊誌ですか？」

「週刊ピープルだったわ。一番新しいものよ。タレントのNの離婚話が出ていたわ」

「他に、何か気づいたことはありませんでしたか？」

「いいえ。別に」

「あなたが、修善寺に着いたあと、原田さんから連絡がありましたか？」

「いいえ」

今日子は、首を振ってから、もう、話は終わったという顔で、氷いちごを、勢いよく食べ始めた。何の屈託もない顔だった。

水谷は、帰りに、念のため、駅の売店で、週刊ピープルを買ってみた。タレントN

の離婚話がのっている最新号である。

原田が、網棚から拾いあげてまで読みたいものがあったというのは、いったい、何だったのかという興味があってのことだが、ページの隅から隅まで眼を通しても、これはという記事は見当たらなかった。

水谷は、そのままを、東京の十津川警部に知らせた。

事件は、壁にぶつかった感じだった。

8

「どうだいカメさん。われわれも、一度、L特急踊り子に乗ってみようじゃないか」

十津川は、亀井にいった。

壁にぶつかった時は、行動してみた方がいい。それが、十津川の持論だった。

「いいですな」

と、亀井もいった。

どうせ、静岡県警の水谷という警部にも会ってみたかった。

被害者や、原田たちが乗ったのと同じ踊り子5号を利用することにした。

東京駅の12番線から、定刻の午前十時に、踊り子5号が出発する。

「どちらに乗りますか？　伊豆急下田行の方にしますか？　それとも、原田が乗った修善寺行にしますか？」

改札口を入ってから、亀井がきいた。

なるほど、原田のいう通り、非貫通式の運転席を持つ車両が間にあるので、端の車両から、反対の端まで、通路を歩いて行くわけにはいかないのである。

「修善寺行に乗ることにしよう」

と、十津川はいい、ホームの売店で、週刊ピープルを買ってから、12号車に乗り込んだ。

二人は、どうにか座ることが出来たが、八月は夏休みの時期のせいか、ほとんど満員だった。

白い車体に、グリーンの帯を描いたスマートな踊り子5号は、快適に走り出した。

十津川は、折角《せっかく》買った週刊ピープルは、読もうとせず、

「問題は、原田が犯人として、なぜ、爆弾を仕掛けたなどと電話したかということだよ。素直に考えれば、死体が早く見つかってしまうんだから、犯人のとるような行動じゃないからね。なぜ、自然に反するような行動をとったのか、それがわかれば、原

田が犯人だという証拠がつかめるかも知れない」

「週刊誌は、ご覧にならないんですか？」

亀井は、気になっていたことをきいた。

「定価二百八十円だよ。事件に関係するようなことは出ていなかったと、静岡県警がいっているから、内容には、興味がないんだ。カメさん、見るかい？」

「いや、今は、事件のことだけを考えたいですから」

と亀井は、いってから、ふと、網棚を見廻して、

「原田は、網棚から、その週刊ピープルを拾ったといわれているが、この車両にはありませんね」

「当然だよ。週刊誌や、スポーツ新聞は、通勤電車や、遠距離の列車に沢山捨てられている。しかし、この列車は、夏休み中で、家族連れが多い。だから、新聞や、週刊誌は、網棚に捨てられていないんだ」

「じゃあ、原田が乗った時も、同じだったんでしょうね？」

「多分ね」

「じゃあ、週刊ピープルを拾ったというのは、日下今日子という女が、嘘をついたんでしょうか？」

「いや。そうは思わないね。そんな嘘をつく必要はないからね。彼女は、自分の思った通りを、正直にいったんだ。そこが、面白いじゃないか」

と、十津川は、笑った。

「確か、東京駅で、列車に乗ってから、三島田町で、爆弾さわぎで降ろされるまで、週刊誌を買うチャンスがなかったから、網棚から拾ったんだろうということでしたね？」

「静岡県警は、そういっていたよ」

「それが、拾ったのではないとすると、原田は、買ったということになりますね？」

「そうさ。そこが面白いじゃないか」

と、十津川は、笑った。

踊り子5号は、品川、川崎、横浜と停車していく。

降りる客は、めったになくて、乗って来るだけなのは、乗客のほとんどが、伊豆や、修善寺への観光客だからだろう。

十津川と、亀井は、時刻表を見ながら、通過する駅名を、確認していた。

「原田が、犯人として、このまま、12号車に座っていたのでは、4号グリーン車にいる久木庸三を殺すことは出来ませんね」

亀井は、落ち着かない顔でいった。

「その通りさ。といって、途中に、運転席のある車両が入っているから、走行中に、4号車へ行くことは不可能だ。だから、カメさんが、前にいったように、駅に停車したとき、12号車から降りて、4号車へ乗り込んで、殺したことになる」

と、十津川は、いった。

「どこで、それをやったんでしょうか？　どこでもいいといえばいえるわけですが、同行していた女子大生日下今日子の眼が問題になりますね」

「もう一つ、問題がある」

「何でしょうか？」

「久木庸三が、眠っているかどうかということだよ。車掌は、検札に行ったとき、彼が、コーヒーポットから、コーヒーを注《つ》いで飲んでいたと証言している。あれは、原田が、渡したものだと思うね。原田は、東京駅に、久木を送りに来た恰好《かっこう》で、コーヒーポットを渡したんだと思う。睡眠薬の入ったコーヒーさ。叔父と甥《おい》だから、久木は受け取った。久木が、それを飲んで、眠った頃、4号車に行かなければならない。行ったり来たりしていたら、同行者の日下今日子が、怪しむからね」

「とすると、東京駅を出てすぐの品川や、川崎で、4号車に乗り込んだとは、考えられませんね」

「ああ、そうだ」

「警部は、どこで4号車に行ったと思いますか？」

「それを決めるために、日下今日子の存在が重要になってくる。彼女は、明らかに、原田が、自分のアリバイ作りのために、同行させたんだ。その彼女は、東京で乗ってから、修善寺まで、ずっと、原田が一緒だったと証言している。原田の思い通りに、証言してくれたわけだ」

「買収して、嘘をつかせたんでしょうか？」

踊り子5号の停車駅

東　　京	10.00	
↓		
品　　川	10.07	
川　　崎	10.17	
横 浜 着	10.25	
〃 発	10.25	
↓		
大　　船	10.40	
↓		
小田原着	11.06	
〃 発	11.07	
湯 河 原	11.20	
熱 海 着	11.25	
〃 発	11.31	11.33
	↓	↓
	伊豆急下田	修善寺

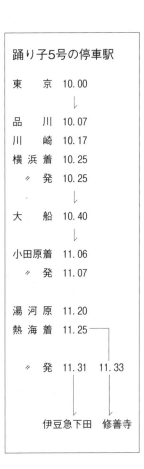

「いや、買収して、嘘の証言をやるんなら、別に、踊り子5号に乗って、危い橋を渡る必要はないよ。久木庸三と二人でいる時に殺して、その時間、一緒にいたと彼女に証言させればいいんだからね。従って、日下今日子は、自分が、ずっと原田と一緒にいたと思い込んでいるんだと思う。それだけに、強力なアリバイだよ」

「しかし、原田が犯人なら、12号車から、4号車に行った筈ですよ。彼が、傍にいなかった時間がある筈です」

「もちろんだ。ただ、五、六分席を外していても、人間は、別に不審には思わない。トイレに行ったぐらいに考えるからね。彼女自身だって、トイレに立ったろうし――」

「そうですね」

「逆にいえば、原田は、そうしたいくつかの条件の中で、4号車の久木庸三を殺すことになったわけだよ」

「そうですね。第一に、睡眠薬が利いた頃に4号車へ行くこと。第二に、同行した日下今日子が怪しまないぐらいの時間内に処理することの二つですね」

「もう一つあるよ。踊り子号は、熱海で、伊豆急下田行と、修善寺行に分割されてしまう。そうなってからでは、12号車から4号車に乗り移れない。つまり、熱海までの間に、久木を殺さなければならないのだ」

「そうすると、かなり限られて来ますね」

亀井は、時刻表から、踊り子5号の停車駅を、書き出していった。

「東京から乗って、すぐの駅でないことは、わかります。まだ、睡眠薬入りのコーヒーを飲んでいないかも知れませんからね。眠っていないのを殺したら、相手は、抵抗するし、悲鳴をあげるでしょうからね。私が犯人なら、十時四十分の大船以後で、4号車に乗りかえて、殺しますね。検札も、もう終わっているでしょうしね」

「しかし、大船じゃ駄目だよ」

十津川は、明快にいった。

いつの間にか、その大船に着いた。ここは一分停車である。

亀井は、「大船ですね」と、窓の外を見てから、

「なぜ大船は、駄目なんですか？」

9

「原田は、君のいうように、列車が、駅に停まった時、4号車に乗りかえて、久木を

殺したんだ。ただし、早く12号車に戻らないと、日下今日子に怪しまれるし、彼女を、アリバイ作りに利用できなくなる。大船に停車したとき、ホームに降りて、4号車に乗り移ったとしよう。大船停車は一分間だ。一分間の間に、4号車で久木を殺し、また、ホームに降りて、12号車に戻ることは不可能だ。となると、次の駅までの間に、殺して、12号車に戻るしかない。ところが、次の停車駅は、小田原で、大船と小田原の間は、二十六分かかるんだ」

「二十六分間も、12号車に戻らなければ、日下今日子が、怪しみますね」

と、亀井は、肯いてから、もう一度、時刻表を見て、

「となると、湯河原で乗りかえて、久木を殺し、次の熱海で戻るのがいいことになりますね。湯河原と熱海の間は、五分間しかかかりませんから、熱海で、自分の席に戻れば、日下今日子も、怪しまないと思いますね。トイレに行っていたと、誤魔化すことも出来ますから」

「確かにそうだがね」

「警部は、反対ですか？」

「いや、条件を備えている」

「しかし、不満そうですね」

と、亀井が、いった。

十津川は、苦笑した。

「実は、二つ、疑問を感じるんだ」

「どんなことですか？」

「原田が、湯河原で、4号車に乗りかえ、見事、久木庸三を殺し、次の熱海で、また、12号車に戻ったとしよう。君のいうように、この間、五分間しかかからないから、日下今日子も、怪しまないだろう。完全に、成功したわけだよ」

「ああ、そうか」

と、亀井は、急に、肯いて、

「それなら、わざわざ、妙な電話をかける必要はないわけですね。踊り子5号に、爆弾を仕掛けたなんて、電話はしない方が、原田自身のためによかったわけですからね」

「その通りさ」

「もう一つの疑問といわれるのは、何ですか？」

「犯人の心理というものを考えてみたんだよ。原田は、湯河原で、12号車から、4号車に乗りかえた。列車は、すぐ発車するから、殺しておいて、またホームに降りて、

12号車に戻るなんてことは出来ない。となると、彼は、走行中に、久木を殺しておいて、次の熱海に停車したとき、12号車に戻るより仕方がないんだ。問題は、走行中の車内で殺すということだよ。久木を殺してから、ドアのところで、停車するのを待つという恰好になると思う」

「そうですね」

「まだ、熱海に着かないうちに、久木が殺されているのが発見されてしまったら、どうなるだろう？　走行中だから、外へは逃げられないし、伊豆急下田へ行く車両の中は、逃げられるが、修善寺へ行く車両には、移れないんだ。原田は、修善寺までの切符を買っていたろうから、調べられたら、たちまち、怪しまれてしまう。犯人の心理として、そうした危険をおかしてまで、走行中に、殺人をやるだろうかという疑問なんだ」

「しかし、警部。停車中に殺すのは、無理ですよ。一分停車か、それ以下の停車時間しかありませんからね。今度の事件の場合、原田は、その短い時間内に、12号車から、4号車に乗り移り、久木を刺し殺して、また、12号車に戻らなければならないんですから、とうてい無理ですよ」

「いや。一駅だけ可能な駅があるんだ。踊り子5号が分割される熱海だ。時刻表を見てみたまえ。分割作業があるので、停車時間が長い。熱海着が、十一時二十五分。伊豆急下田へ行く方は、発車が、十一時三十一分だから、六分間停車していることになる。充分に人一人殺せるよ。しかも、六分たったら、すぐホームに降りるだけでいいんだ。修善寺行は、更に二分おくれて、十一時三十三分に発車するんだからね。六分間なら、日下今日子は怪しまないだろうし、疲れたから、ホームで、体操していたんだともいえる」

「なるほど」

「熱海に着いたら、実験してみようじゃないか」

と、十津川は、いった。

十一時二十五分に、列車が、熱海に着くと、二人は、すぐ、ホームに降りた。

ホームを、先頭車の方へ歩いて行くと、すでに、作業員が、分割作業を始めていて、少年たちが、その模様を、写真に撮っている。

ホームは、カッとする暑さである。

ここで降りる客もいる。

十津川と亀井は、伊豆急下田へ行く車両の方へ乗り込んだ。

誰も、二人に注意を払う者はいない。ここで乗ってくる乗客もいるからだ。

二人は、グリーン車へ入った。

十津川は、腕時計を見た。熱海に停車してから、三分間たっていた。

二人は、乗客の一人を刺したと仮定して、一分間、通路に立ち止まってから、ホームに飛びおりた。

全部で、五分間かかっている。

「可能でしたね」

亀井がニヤッと笑った。

伊豆急下田行の踊り子5号が、まず、発車して行った。

十津川と亀井は、修善寺行の踊り子5号に乗った。二分おくれて、こちらも、発車した。

熱海から、二本の踊り子5号は、西と、南に別れて行く。

先に発車した伊豆急下田行の踊り子5号は、伊豆半島の東海岸を、来宮《きのみや》、網代《あじろ》、伊東と、国鉄伊東線を南下したあと、伊東からは、私鉄の伊豆急に乗り入れ、伊豆急下田まで走る。

十津川と亀井の乗った踊り子5号は、熱海を出たあと、東海道本線を三島まで走る。

三島着が、十一時四十六分である。

三島から先は、私鉄の伊豆箱根鉄道の駿豆《すんず》線に相互乗り入れになって、三島田町、大場、伊豆長岡、大仁《おおひと》と停まって、終着の修善寺に着く。

三島田町着は、十一時五十二分だった。

事件の日は、ここで、列車を停め、駅員や車掌が、車内を点検したのである。

「小さな駅ですね」

と、亀井は、いった。

だが、十津川は、黙っていた。原田は、熱海でホームに降り、分割のために、六分間停車している間に、4号車の久木を殺したに違いないと、自分の推理を口にしたときは、元気一杯だったのに、十津川は、また、考え込んでしまっている。

もちろん、今日の踊り子5号は、三島田町で、爆弾さわぎにあわず、すぐ発車した。

東京駅から、まだ二時間足らずしか来ていないのに、伊豆は、緑が深く、風も爽《さわ》やかだった。

この一八五系の特急列車は、窓が開くようになっているので、クーラーがきいていても、乗客の中には、窓を開けて、伊豆の風を車内に入れている者もいる。

いつもの十津川なら、捜査中でも、周囲の景色を楽しんだりするのだが、今日は、そんなものは、眼に入らないようだった。

「窓を開けましょうか？」

亀井が、声をかけても、十津川は、考え込んでしまったままである。

「どうされたんですか？」

亀井は、心配になって、きいた。

「今の推理だがね」

と、十津川は、重い口調でいった。

「警部のいわれた通りだと思いますよ。原田は、分割作業の行われる熱海で、伊豆急下田行が、六分間停車しているのを利用して、4号車に乗り込み、久木庸三を殺したんです。停車中なら、たとえ、見つかっても、逃げられますからね。われわれの実験でも、六分間で、殺せることが、わかったじゃありませんか。そのあと、修善寺行の車両に戻ったんです。そして、修善寺行は、二分おくれて熱海を発車し、修善寺へ向かったわけです。これ以外に、原田が、久木を殺す方法はありませんよ」

別に、十津川を励まそうと思って、いったのではなかった。亀井も、それが、当たっていると、信じたのである。

「私も、そう思うんだが――」

「それなら、問題はないでしょう？」

「いや。電話の説明が、余計につかなくなってしまうんだ」

「なぜ、原田が、そんな馬鹿な電話をかけたかという理由ですか？　それは、彼を逮捕してから、本人にきいてみることにしたらどうですか？　どうせ、下らん理由ですよ。うまく、久木を殺せたんで、一刻も早く、それを誇示したかったんじゃありませんか？」

「いや、そういうことじゃないんだ。国鉄の総合指令所へ、爆弾を仕掛けたという電話が入ったのは、十一時四十五分だ。そして、その電話が終わったのは、十一時四十九分といわれている。約四分間だったという。ところで、修善寺行の踊り子5号は、十一時四十五分には、三島の手前を走っているんだよ。三島着が、十一時四十六分だからね。すると、どういうことになると思う？　新幹線と違って、L特急踊り子号の車内から、電話はかけられない。だが、十一時四十五分に、原田は、国鉄の東京駅の総合指令所に電話しているんだ。この説明がつかない限り、原田を、久木庸三殺しで逮捕はできないじゃないか。声紋によって、いたずら電話したのは、原田だとわかっている。もし、警察が、久木殺しで、彼を逮捕したとき、逆に、いたずら電話を、アリバイとして持ち出される心配だってあるんだ」

十津川の語調は、むしろ、自分を責めている感じだった。

亀井も、当惑してしまった。確かに、十津川の推理の通りだとすると、原田は、いたずら電話をかけられないのだ。

10

修善寺駅には、県警の水谷警部が、迎えに来てくれていた。

市内の店に、昼食の用意をしてあるということで、十津川たちは、案内された。山菜料理を食べさせる店で、窓から、富士山を、間近に見ることが出来た。

十津川が、熱海駅で、踊り子5号の分割作業が行われている六分間の間に、原田が、4号車に乗り込んで、久木庸三を殺したのだろうという推理を話した時には、水谷も、眼を輝かせ、座も明るくなったのだが、話が、いたずら電話に及ぶと、急に重苦しくなった。

原田が、久木庸三を殺した犯人だろうということでは、十津川と水谷の意見は一致したものの、問題は、やはり、いたずら電話だった。

「私にも、原田が、なぜ、どうやって国鉄に、いたずら電話をかけたのかわかりませんね」

水谷も、首を振った。

食事が終わってからも、何となく、浮き立たない。

水谷は、そんな座の空気を、無理に、持ち上げるように、

「事件が解決したら、下田へ行きませんか」

と、いった。

「『はまゆう』の女将《おかみ》が、安く泊まらせてくれるそうです」

「『はまゆう』というと、確か、久木クレジットから、三千万円の借金をしていた旅館でしたね」

「そうです。最初、われわれは、久木が、その件で、『はまゆう』を訪ねる途中で殺されたとみて、旅館の経営者の君島出紀を疑ったのですが、借用証書は、すでに、彼女が持っていましたので、疑いは晴れました。借金がなければ、殺す必要もありませんから」

水谷が、微笑する。

急に、十津川の眼が光った。

「そうだ。彼女がいたんですね。うっかり、忘れていましたよ」

十津川は、そういって、ニヤッとした。

「なかなかの美人ですよ」

と、水谷がいっても、十津川は、ひとりで肯いて、

「なぜ、彼女のことを忘れていたんだろう。全く、どうかしている」

「まさか、原田は犯人ではなく、君島由紀が犯人だとおっしゃるんじゃないでしょうね？」

水谷が、眉を寄せて、十津川を見た。

十津川は、手を振って、

「犯人は、原田ですよ」

「じゃあ、なぜ、君島由紀のことで、急に、肯かれたんですか？」

「どうやら、いたずら電話の謎が解けたからですよ。あなたが、君島由紀のことを思い出して下さらなかったら、まだ、謎が解けずに、四苦八苦していたと思いますね」

「どうも、わかりませんが――」

「私にもわかりませんよ」

と、亀井も、いった。

「じゃあ、ビールで乾杯してから説明します。ああ、ビールは私が奢《おご》ります」

十津川は、上機嫌で、いった。

ビールが運ばれてきた。十津川は、一口飲んでから、

「カメさんと、熱海駅で実験してみたんですが、踊り子5号が到着してから、4号グリーン車に乗りかえ、睡眠薬で眠っている久木庸三を殺し、コーヒーポットを奪って、ホームに降りるのは、六分あれば、可能だとわかりました。しかし、そうなると、十一時四十五分に、原田は、いたずら電話が、かけられなくなってしまう。その時刻には、原田は、修善寺行の踊り子5号に乗っていて、熱海と三島の間を走っているからです。となると、いたずら電話をかけるためには、原田が、六分間の間に、成功しなかったということになってしまうのです。成功しなかったとすると、その理由は、何だろうかということになります」

「それが、君島由紀と関係があるわけですか？」

「久木庸三は、明らかに、伊豆急下田へ行く途中でした。つまり、君島由紀に会いに行くところだったと思います。原田は、それを利用しました。うまい具合に、久木が伊豆へ行くことになったと思いませんか。それに、サラ金の社長が、借金を返し終わったお客に会いに行くというのも、不自然ですよ。となると、考えられることは、一つしかありません。原田が、君島由紀に頼んで、久木を呼ばせたということです。彼女は、美人だそうですし、借金を返すといえば、久木は、喜んで、下田に行こうと考

えるでしょう。原田は、彼女に、久木を呼んで貰う代わりに、借用証書を見つけて、渡すことを約束したんだと思いますね。渡す場所は、多分、修善寺あたりということにしてあったんじゃないかと思いますよ」

11

十津川は、また、ビールを一口飲んだ。

「原田は、熱海で、4号車に乗りかえて、久木を刺して殺した。そのあと、やらなければならないことが、もう一つあったことになります」

「君島由紀の借用証を見つけることですね？」

水谷が、きく。彼にも、少しずつ、十津川が何を考えているか、わかって来たのだ。

「その通りです。それが、意外に手間どったんだと思いますね。やっと見つけたときには、タイムリミットの六分間が過ぎてしまって、伊豆急下田行の踊り子5号は、熱海を発車してしまったんです」

十津川は、肩をすくめて見せた。

「考えられなくはありませんね」

「原田は、あわてたに違いありません。一刻も早く、この列車から逃げなければならない。久木が、死んでいると気づかれる前にです。幸いに、次の来宮には、二分で着く。原田は、とにかく、来宮で、降りたに違いありません。この時が、十一時三十三分です。問題は、これから、原田が、どうしたかです」

「熱海で分かれた修善寺行の踊り子5号に乗らなければならんでしょう？」

「その通りです。その列車には、日下今日子が乗っているからです。彼女を、アリバイの証人に仕立てあげるつもりだったのに、このままでは、逆に、彼女の証言が、命取りになってしまいます。しかし、修善寺行の踊り子5号も、十一時三十三分には、熱海を発車して、西へ向かってしまう。これに、追いつくのは、大変です」

「しかし、追いつかなければならなかったわけでしょう？」

「そうです。多分、彼は、来宮から、タクシーに乗って、修善寺行の踊り子5号を追いかけたんだと思いますね。しかし、途中で、とうてい追いつけないことがわかって来た。それでは、どうしたら、追いつけるか、原田は、考えたんですよ」

「列車を、強制的に、とめてしまえばいいんだ」

と、水谷は、呟《つぶや》いてから、

「それが、いたずら電話だったんですね？」

「そうです。原田は、とっさに、列車をとめてしまおうと考えたんです。それが、十一時四十五分です。タクシーを、公衆電話の近くで止めて、電話することにした。ところが――」

「何ですか？」

「硬貨がなかったんです。それで、原田は、近くの本屋か、薬局か、とにかく、週刊誌を売っているところで、週刊ピープルを二百八十円で買いました。お札を出して、釣り銭を貰い、それで、電話をかけた。そう考えないと、原田が、週刊ピープルを持っていた理由の説明がつきませんからね」

「なるほど、そうですね」

「原田は、電話をかけてから、国鉄は、列車を、どこで停めて、車内点検をするだろうかと、計算したんです。すぐ、指令を出すだろうから、修善寺行の踊り子5号は、三島の次の三島田町だろうと、判断するのは、そう難しいことじゃありません。爆弾が破裂するぞと、脅《おど》しておいてから、原田は、三島田町へ、タクシーを急がせたんです。思った通り、列車は、三島田町で停まって、車内点検をしていた。彼は、何食わぬ顔で、ホームに入り、日下今日子と一緒になったんです。原田は、うまく、修善寺行の踊り子5号に間に合い、三十八分おくれて、列車は、発車しました。修善寺に着くと、原田は、会社に電話しました。それを、無断で、会社を休んだから、一応、連絡してみたといっていますが、これは嘘に決まっています。いたずら電話をかけたので、当然、死体は、発見されてしまっている。それが、どうなったか知りたかったらに違いありません。久木社長が殺されたことは、会社に知らされていた。それがわかった原田は、修善寺に来て、待っていた君島由紀に、借用証を渡したあと、何くわぬ顔で、東京に戻ったんです」

「コーヒーポットは、どこへ捨てたんでしょうか？」

水谷が、きいた。

「そうですねえ。持って、来宮へ降りたんだと思いますね。そのあと、来宮の駅で捨てたか、或いは、タクシーで、三島田町へ行く途中で捨てたかのどちらかでしょう。まさか、修善寺まで持って行ったとは思えません。週刊誌のことに気づいた日下今日子が、コーヒーポットに気づかない筈がありませんからね」

「すぐ、手配しましょう」

と、水谷は、勇んでいった。

「われわれは、これからすぐ、東京へ戻って、原田を逮捕しますよ」

と、十津川は、いくらか、酔った口調でいった。

十津川は、亀井と、店を出たところで、水谷と別れると、すぐ、東京行の列車に乗ることにした。

十三時三十七分修善寺発、東京行の踊り子14号である。

「どうされたんですか？」

と、乗ってから、亀井が、きいた。

「何がだい？」

「ちょっと酔われたでしょう。珍しいことだと思いまして」

亀井が、笑いながらいうと、十津川も、照れたような笑い方をして、

「県警の水谷さんが、君島由紀のことを口にして、美人だから、『はまゆう』という旅館に泊まりに行くのが楽しみだといった。私は、その時、原田が犯人で、君島由紀は、その共犯だろうと考えたんだ。そうなれば、『はまゆう』に泊まりに行けなくなる」

「なるほど」

「水谷さんに申しわけないと思ってね。だから、せめて、ビールで酔って貰おうと思ったら、自分が、先に酔っちゃったんだ」

12

東京に戻ると、十津川たちは、すぐ、原田を逮捕し、連行した。

同時に、静岡県警では、下田の旅館「はまゆう」の主人、君島由紀を、共犯容疑で逮捕した。

原田も、君島由紀も、頑強に、犯行を否定した。

原田は、あくまでも、女子大生の日下今日子と、修善寺へ行ったと主張した。同じ踊り子5号の4号車に、久木庸三が乗っていたのは、偶然でしかないと主張した。

十津川が、熱海駅で、4号車に乗り込んで、睡眠薬を飲んで眠っている久木を殺したのだろうといっても、平然としている。

「警部さんのいう通りだとしたら、その証拠がある筈でしょう？　その証拠を出して下さい。証拠なんかないいんだ」

原田は、そういって、胸を張った。

念のために、日下今日子にも、東京に来て貰ったが、十津川が、推理を聞かせてみても、あいまいな返事しかしなかった。

「そういえば、熱海を出たあと、原田さんの姿が見えなかったような気もするけど、わからないわ。私は、窓の外の景色に見とれていたから」

と、いうだけである。

あとは、静岡県警の捜査に待つしかなかった。

もし、十津川の推理が正しければ、原田は、久木庸三を殺したあと、来宮駅に降りたに違いない。

来宮駅からタクシーに乗ったのなら、乗せた運転手を見つけ出す必要がある。

もう一つは、久木が持っていたというコーヒーポットである。原田が、持ち去ったことは、まず間違いないから、来宮駅の構内か、来宮駅から、三島田町駅への道路の途中で、捨てたに違いない。

静岡県警は、この二点を徹底的に調べた。

コーヒーポットの発見も重要だが、捜査の過程で、事件当日、原田を乗せたタクシーが浮かびあがってくることも、期待できるからである。

原田は、あくまでも、東京駅から、修善寺まで、12号車に乗っていたと主張している。それが、来宮駅から、彼を乗せたタクシーの運転手が見つかれば、主張が崩れるのだ。

まず、最初に、来宮駅構内の屑籠《くずかご》から、コーヒーポットが発見された。すぐ、ポットの中に残っていたコーヒーの成分が、分析された。予想どおり、睡眠薬が検出された。

コーヒーポットの色も、黒で、車掌が目撃したものと一致している。

コーヒーポットは、すぐ、東京へ送られ、亀井が、原田に突きつけたが、彼は、相変わらず、見たこともないと否定した。

ポットに、久木の指紋も、原田の指紋もなかった。原田が、拭き取ってから捨てたに違いないから、当然だろう。

十津川は、予期していたことなので、原田が、否定しても、別に失望はしなかった。自分の推理が、当たっていることが証明されたことで、満足だった。

次に、原田を、来宮駅から乗せたというタクシーの運転手が見つかった。

中年の運転手で、事件当日の午前十一時三十五分頃、来宮駅前から、乗せたという。

最初に、三島駅へ行ってくれといい、やたらに急がせたが、乗っている間、しきりに、腕時計を見ていたという。

「それが、途中で、急に、車をとめさせましてね。電話をかけてくるから、待っていてくれといわれたんです」

と、運転手は、証言した。

った。

県警の刑事が、すぐ、その場所に急行した。

来宮から、三島へ行く途中で、運転手のいう通り、公衆電話ボックスがあった。

だが、県警の刑事を喜ばせたのは、その電話ボックスの近くにある煙草屋の証言だった。

店番をしていたのは、五十歳くらいの、人の好さそうな主婦だったが、原田のことを、はっきりと覚えていた。刑事が、差し出した原田の写真を見て、

「間違いなくこの人ですよ」

と、いった。

「あの電話ボックスに入ったと思ったら、顔色を変えて、飛び出してきたんですよ。暇《ひま》だから、見てたんです。どうしたんだろうと思ってたら、いきなり、週刊誌を一冊つかんで、これをくれって、千円札をお出しになったんです。あんまり、早く、早くって、おっしゃるもんだから、釣り銭を間違えてしまって、百円少なく差しあげてしまったんですよ。それで、申しわけないと、気になっていたんです。ええ、あの方に会わせて頂けるのなら、百円持って行きますわ」

タクシーの運転手、煙草屋の女性と、二人の証言を突きつけられて、原田は、やっ

と、久木庸三を殺したことを、自供した。そのどちらが、こたえたかというよりも少しずつ、ダメージを受けたのだろう。

事件は、終わった。が、まだ、暑い日は、続きそうである。

解説

山前 譲

十津川警部の捜査は北は北海道から南は沖縄まで、日本各地に展開されている――いやそれどころか、東南アジアやアフリカ大陸、ヨーロッパにシベリアへと、世界各地にも足を延ばしてきた。だが、うっかり忘れてしまいそうだが、彼はあくまでも東京都を管轄とする警視庁の警察官なのである。もっとも休暇中に事件に巻き込まれてしまうことも多々あったけれど。

その十津川の捜査行を四作まとめた本書『十津川警部 愛憎の行方』の最初は、これまた東京都ならではの鉄路の山手線が事件の鍵を握っている「山手線五・八キロの証言」(「小説宝石」一九八七・十 光文社文庫『山手線五・八キロの証言』収録)だ。「旅の話」という雑誌を編集していた香月が殺される。編集長によれば、最近彼は、山手線の取材をしていたらしい。山手線の歴史、山手線各駅の表情、山手線を一周の三本が記事のテーマで、なんでも最近、早朝の山手線を、一分に一度、カメラのシャッターを切りながら一周したという。

だがその写真は香月の手元になかった。そこに何か事件の動機があるのではないか。十津川警部の指示で西本刑事が山手線に乗る。そして一周する間、外の風景をビデオに撮り続けた。香月がどこを撮影したか分からないからである。ビデオには山手線沿線のさまざまな姿が記録されていた。そのどこかで殺意が育まれたのだろうか？

山手線は最初から環状線を意識して計画された路線ではなかった。その歴史は複雑すぎて簡単にはまとめられない。路線としては品川を起点として渋谷、新宿を経由して田端までが山手線である。そこに東海道本線と東北本線の一部区間を合わせて環状運転を行っているのが、運転系統としての山手線だ。もちろん一般的にはこれが山手線のイメージとなっている。

二〇二〇年三月十四日、その山手線の三十番目の駅として、四十九年ぶりとなる新駅が開業した。高輪ゲートウェイ駅である。名称と駅舎の斬新《ざんしん》さが話題となり、開業日は大変な賑《にぎ》わいだったらしい。京浜東北線の駅でもあるが、じつは今回は暫定開業で、本開業は二〇二四年とのことだ。

新しい車両が投入されたり、ホームドアの設置の遅れが問題視されたりと、ほかにも話題に事欠かない山手線は、一周が三四・五キロである。では、タイトルにある五・八キロとは？　環状線をぐるぐる何周もするかのように混迷する捜査は、解決の糸口がなかなか摑《つか》めないが、何度も山手線に乗車しての、十津川警部とその部下たちの粘り強い捜査が印象的である。

「午後九時の目撃者」（「小説現代」一九八三・八　講談社文庫『行楽特急《ロマンスカー》殺人事件』収録）も東京がメインの事件だ。世田谷の高級住宅街で玩具会社の社長の死体が発見される。近くに住むイラストレーターが、二階の寝室の窓から、被害者の倒れるところを目撃したと証言する。それは丁度九時頃だったというのだが……。

事件の一報が入った時、十津川警部たちは捜査一課にいて、ラジオで巨人・阪神戦の野球中継を聴いていた。

数多い西村作品のなかには、長篇の『消えた巨人軍《ジャイアンツ》』、『消えたエース』、『日本シリーズ殺人事件』、短篇の「マウンドの死」、「ナイター殺人事件」、「超速球150キロの殺人」、「サヨナラ死球」、「トレードは死」、「審判員《アンパイア》工藤氏の復讐」と、野球絡みのものもいくつかある。

「午後九時の目撃者」は直接的には野球は関係していないが、十津川は野球ファンの心理分析からある矛盾に気付くのだった。野球好きの作者ならではの発想だが、冒頭の十津川班の和やかな雰囲気も貴重だろう。

つづく二作は東京から西へと向かう鉄路が事件と関わっている。

その日、十津川は急いで新宿駅へ駆け付けた。妻の直子の頼みである。彼女の甥で会社員になったばかりの三田が、三時丁度に出る「あずさ17号」で松本支店へ向かうから、餞別《せんべつ》を渡してほしいというのだった。無事に役目を果たした十津川だが、その三田が行方不明になってしまうのが「愛と殺意の中央本線」(「小説現代」一九八九・四　講談社文庫『最終ひかり号の女』収録)だ。

中央本線の特急「あずさ」が新宿・松本間に走りはじめたのは一九六六年十二月である。なんでも運転初日に下りの「あずさ」が踏切事故を起こしたそうだ。一九七八年十月のダイヤ改正で、号数番号が下りは奇数、上りが偶数に統一される——あれ？大ヒット曲の狩人「あずさ2号」の歌詞を知っている人は、ある疑問を抱くに違いない。「あずさ2号」は下りのはずなのに……。

じつは、そのシングル盤が発売された一九七七年の時点では、たしかに「あずさ2号」は下り列車だった。だが、なんと翌年には上り列車となってしまったのである。罪作りなダイヤ改正だった。ただ、車両や号数に色々な変遷があったとはいえ、中央本線を代表する特急はやはり「あずさ」だ。十津川は実際にその「あずさ」に乗車し、車窓からの風景から真相へのルートを発見している。

車両がグレードアップされていくなかで一九九四年から「スーパーあずさ」も走りはじめたが、この名称は二〇一九年三月のダイヤ改正で消えてしまった。「あずさ」は上高地から松本へと流れている梓川に由来する。

いっぽう、東京から伊豆半島へと向かうのが特急「踊り子」である。「L特急踊り子号殺人事件」（「小説現代」一九八三・十　講談社文庫『L特急踊り子号殺人事件』収録）では、「踊り子5号」に爆弾を仕掛けたという電話が東京駅の総合司令室に入っている。すぐに列車を止めて車内を点検した。幸い爆弾はなかったが、代わりに発見されたのは中年の男の死体だった。

「踊り子」は一九八一年十月にエル（L）特急のひとつとして走りはじめた。なんでもLには特に意味はないそうである……といっては身も蓋《ふた》もないのだが、色々な意味が込められていたようだ。

東京から出発した列車は伊豆半島南端の下田を目指すが、終点の下田駅は伊豆急行の駅である。一部の「踊り子」には修善寺行も連結されているが、それは伊豆箱根鉄道駿豆線の駅である。このちょっと変わった運行が謎解きで鍵を握っている。そしてここでも、十津川が「踊り子」に実際に乗ったことで、捜査が進展していく。

グレードアップされた車両による「スーパービュー踊り子」が、一九九〇年四月から走りはじめた。「二階座席《シート》の女」では亀井刑事が息子の健一とその列車に乗っている。その車内で殺された女性の手に亀井の名刺が……。「スーパービュー踊り子」は観光に特化したリゾート列車だが、二〇二〇年三月のダイヤ改正時にその役目を終え、新しい観光特急「サフィール踊り子」がデビューしている。

ちなみにその改正時に、一部の「踊り子」が「あずさ」として走っていた車両を改造したものに置き換えられたそうだ。一九八三年のヒット曲に村下孝蔵「踊り子」があるが、公募によって付けられた列車名の由来は、もちろんあの有名な小説である。

ホームグラウンドの東京での事件、そしてその東京と日本各地を結んでの事件と、十津川警部が直面した多彩なミステリーが本書でも堪能できるだろう。

（初刊本の解説に加筆・訂正しました）

二〇二二年一〇月

この作品は2020年7月徳間書店より刊行されました。
なお、本作品はフィクションであり実在の個人・団体などとは一切関係がありません。

徳間文庫

十津川警部《とつがわけいぶ》 愛憎《あいぞう》の行方《ゆくえ》

2022年11月15日 初刷

著者 西《にし》村《むら》京《きょう》太《た》郎《ろう》
発行者 小宮英行
発行所 株式会社徳間書店
東京都品川区上大崎三—一—一 〒141—8202
目黒セントラルスクエア
電話 編集〇三(五四〇三)四三四九
販売〇四九(二九三)五五二一
振替 〇〇一四〇—〇—四四三九二
印刷
製本 大日本印刷株式会社

ISBN978-4-19-894800-9

徳間文庫の好評既刊

西村京太郎
近鉄特急 伊勢志摩ライナーの罠

熟年雑誌の企画で、お伊勢《いせ》参りに出かけることになった鈴木《すずき》夫妻が失踪した。そんななか、二人の名を騙《かた》り旅行を続ける不審な中年カップルが出現。数日後、カップルの女の他殺体が隅田川に浮かんだ。夫妻と彼らに関係はあるのか。捜査を開始した十津川は、鈴木家で妙なものを発見する。厳重に保管された木彫りの円空仏《えんくうぶつ》——。この遺留品の意味することとは？　十津川は伊勢志摩に向かった！

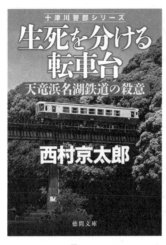